Follow Your Heart

不如随心去生活

齐心 著

宁波出版社

图书在版编目（CIP）数据

不如随心去生活 / 齐心著. — 宁波：宁波出版社，2019.6（2023.1重印）
ISBN 978-7-5526-3490-7

Ⅰ.①不… Ⅱ.①齐… Ⅲ.①散文集－中国－当代 Ⅳ.① I267

中国版本图书馆CIP数据核字（2019）第 015349 号

不如随心去生活
BURU SUIXIN QU SHENGHUO

著　　者	齐　心
出版发行	宁波出版社
地址邮编	宁波市甬江大道1号宁波书城8号楼6楼　315040
网　　址	http://www.nbcbs.com
出版策划	苏　辛　午　歌　孙小天
责任编辑	陈姣姣　梁建建
特约编辑	包　晗
责任校对	虞姬颖
特约校对	青　禾
装帧设计	仙境设计
印　　刷	玉田县昊达印刷有限公司
开　　本	787mm×1092mm　1/32
印　　张	8.5
字　　数	160千字
版　　次	2019年6月第1版
印　　次	2023年1月第2次印刷
标准书号	ISBN 978-7-5526-3490-7
定　　价	45.00元

版权所有　翻印必究
本书若有印装问题影响阅读，请与印刷厂联系调换，联系电话：13552205907

目录

第一章　我的每一天都有名字

你好，新的一天 _002

微风暖阳，可约 _005

我把我的阳光写来赠你，你可愿同享 _008

把每天当作每天过就好 _011

花时间 _014

我的每一天都有名字 _017

昨夜大雨刚刚过 _020

见人 _023

一天 _026

我喜欢的，有这样的时刻 _030

忘了流年，醉了春风 _032

每个人都应该有属于自己的房间 _036

我要起身走了 _039

归途 _042

你就是春日 _044

跟你谈心，我把时光全忘了 _046

你慢慢讲一个清淡的故事 _051

请让我写完一封信 _054

第二章　世界美如斯

看清这个世界，然后继续爱它 _062

我知道你很美 _063

世界美如斯 _065

在天空下吃饭 _070

我把夏天和爱意装在杯子里 _075

念秋 _077

把日子过成想要的模样 _082

给书店以生命，给生命以书 _085

走吧，去看看春天 _088

总有一件衣服和你有缘 _090

有说不完的话，才是十分美好 _093

有人路过远方，回来告诉我幸福的模样 _096

再见北京 _099

我只想走了许久回头看一看 _103

下次再见，不知何年月 _105

今夜，借月光为笺 _107

我想和你一起生活在这里 _109

为何梦见他 _113

今夕何夕，见此邂逅 _116

给自己一个温暖的所在 _119

我好像答应过你 _121

我喜欢在路上的感觉 _123

只是日光，刚刚好 _130

你是世间所有美好的代名词 _133

第三章 | 惜君如常

消息 _136

我的他 _138

我的她 _140

轮回 _142

春天的味道 _145

花时间 _151

温暖的线索 _157

念念不忘，必有回响 _160

关系 _163

如果没有你，该多了无生趣 _165

风雪正好，跟爱的人喝酒暖身 _167

雪路 _168

春日宴 _171

我心里有过你 _175

一个人不孤独，两个人怕辜负 _179

再，也不见 _183

下一站，你愿不愿意跟我走 _185

暮色 _198

为你，我创造一个清纯的日子 _202

我可否寄赠你一朵夏日 _205

你的童年是小村庄 _207

告别 _210

你所过的正是你想过的生活 _214

凡我所爱过的美，一定愿意它们被深爱 _217

有人风雨夜行，有人梦里点灯 _219

只要内心喜欢，就是对的 _223

我与你相会在日落时分 _226

请代我向这个姑娘问声好 _235

忽然寻她不见 _240

做正确的事，正确地做事 _242

轻浅光阴，夏日正长 _245

最后的夏 _247

做一件与晴朗有关的事 _251

宴请 _253

唯有珍惜，别无他事 _260

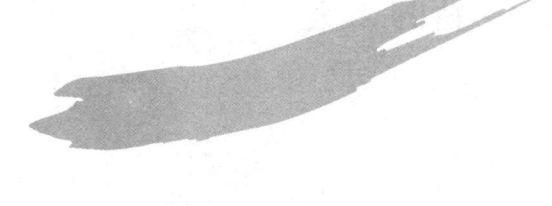

第一章
我的每一天都有名字

你好，新的一天

我想这样一点点地把天写亮。

晨五时，鸟儿们像是早早定好了闹钟，开始是一声两声，后来便是此起彼伏，相互叽喳着，在探问昨天未完的梦，还有彼此祝福崭新的一天。

先前，除了偶尔驶过的车子，整个世界都是沉睡着的。路灯、树木、霓虹，间或有人走过，也是轻轻悄悄，看不清面容，像一团墨，移步而去。

醒时是清晨四点钟，因前一晚早睡，醒来已无倦意。早睡，总让人生出嫌恶之感，因为总觉得还有很多重要的事情没有完成，比如，看书、写字。而往往，即使不早睡，这些所谓重要的事情也没有很好地完成。

往往就是这样，在我们想做还没有做甚至在我们考虑接下来要做什么时，时间已经悄无声息地流逝掉。

第一章　我的每一天都有名字

卧床即眠。哪怕每早醒来都会为前一晚的早睡而心生遗憾，但下一个晚上来临，依旧意志抵不过困意。

恰听法师所言："春夏养阳，秋冬养阴。一年分四季，一天是一年的浓缩，凌晨3点到上午9点为日春，9点到15点为日夏，15点到21点为日秋，21点到凌晨3点为日冬。日春时，阳气从肝出生，就像春天播种下庄稼的种子；日夏时，阳气在心里长，庄稼在阳光的照射下茁壮成长；日秋时，阳气渐渐地往肺里收，庄稼成熟了，要收割麦子；到了日冬，阳气要完全藏进肾里面去，收获的庄稼装袋入库，来年也就是第二天再播种。这是阳气一天的生长收藏的过程，少了哪一个环节，都不会有好收成——晚9点到凌晨3点为日冬，冬主避藏，阳气要进入冬眠期，是金不换的睡眠时间，人在这个时间段里睡觉，就等于把自己送上了天地运行的这部车。"

向来不注重养生，但听此却心有所慰，好似为自己的早睡寻到了借口。

像一只鸟，夜了去睡，晨了就醒。随身体，也随心，遵从了生命规律，又没有误了该要去做的事情。这样的自由自在，也是一件幸福的事情呢。

五时一刻，天大亮。不由得望向窗外，在心底大呼一声：你好，新的一天。

不如随心去生活

你好，新的一天。

新的一天，让自己像初生的婴儿，对这一天的到来，我要保持好奇之心。

新的一天，让自己像珍视一个十分重要的人一样珍视这一天，不然晨起刚刚相见，晚时却又生生别离。

新的一天，让自己相信所有的好事都正在来的路上，即使今天不来，明天也一定会来。而明天的我，还会像今天一样，早早醒来，坐在窗前——欢迎它。

第一章　我的每一天都有名字

微风暖阳，可约

最孤寂不过是凌晨三点的醒和下午三点的饭。

凌晨三点醒来，整个世界都在呼吸，而我好似在屏住呼吸。

简单午餐，吃什么往往不重要，重要的是陪在身边的是谁。如果没有合适的人，宁愿不吃。

不习惯一个人去吃饭，是因为这样会让我一眼望到多年以后，一个人守在桌边，孤独地等待一碗面，再一个人一根一根地吃完，吃得眼泪都一颗颗滴出来的情景。

熬不过去时，下午三时一个人去餐馆，点完单，坐下来环视四周，想此时吃饭的人，应该每个人都有着一个别样的故事吧。

时常和Ｓ一起共进午餐。他打着我的太阳伞，多半还把伞向我头顶倾斜。南瓜粥也好，水煮鱼也罢，好吃不好吃，吃得多与少，不重要。重要的是这顿饭吃了。

身边人多是不下楼，随意叫了外卖或取了盒饭回来，一顿饭

• 不如随心去生活

而已。我不习惯,他们问我理由,我说:想去阳光里走一走。

今天中午,S请我吃牛排。我的香草,他的胡椒。

点单时,他替服务生问我浇什么汁,果汁要凉的还是热的。

我笑笑地说:一看就不是情侣,还点了情侣套餐,是情侣,都会记得对方喜好,我们已认识这么多年。

回来,有风,我的花裙子飘啊飘的。真想多在阳光里走一走,春天的风本就不多了,脚踝边,风过裙起,美得恰到好处。

即使不是情侣,走在异性身边,也要装扮美丽。

我的M先生也常常一个人吃午餐,我每次想象他孤独地走在路上都会生出几许心疼。于是我暗暗地给他的同事留言:麻烦每天午饭时间提醒M先生去吃饭,把他每天的菜单报给我。

单位就在我隔壁的哥哥也不按时吃午餐,他大病一场之后我比他还要注意他的身体,每天都会在QQ上提醒他午餐时间到。有时也陪他去吃他想吃的。只要和他同往,一路上我都挽着他的胳膊。我想让认识他的人只要在路上看到他就会因他臂弯里有个美丽女子而生出羡慕来。

也曾想过,和陌生人相约共进午餐,聊聊天气,说说假期,一个小时的时间,吃什么不重要,重要的是你坐在我的对面,我们一起吃一顿饭,让每天中午变得有所期待,让每一个日子生出

第一章　我的每一天都有名字

滋味。

　　如果你约我,可在中午,我在这个时间,有闲有情,对你的到来有盼头。

• 不如随心去生活

我把我的阳光写来赠你,你可愿同享

早安。

每天来办公室,暖暖的,好像在外跋涉千里,抵达这里只为觅得温暖的怀抱,每想及此,都觉得来上班是满满的幸福。

尤其有一间,那人不常来,他的办公室却是阳光明媚,坐进去像是猛然跌进了春天里。

我抱着些许稿子,坐在阳光充足的房间里,沙发软绵,阳光倾洒,植物簇绿,小小的我,只坐了沙发一角,怕是再多坐些就多占去别人一些阳光。看一篇篇文字,写上自己的意见,想就这样将门掩上,与阳光相依,哪怕房间主人推门而入,他若看到这样安然的一面,也不会真的怪我趁他不在占去了阳光。

他有过很长一段时间不在这个城市,我曾替他去看过他办公室的花草,给它们浇水,轻柔地与它们对话:你们的主人不在,感觉你们好孤单哦……

如今它们长势甚好,只是不知道它们是否还记得我曾施水与

第一章　我的每一天都有名字

之。稿件看得久了，也不是它们读来乏味，只是想靠在沙发上，眯着眼在阳光里打个盹儿，就那么一会儿，就好像回到了小时候，扎着羊角辫跳着格子。恍惚着睁开眼，方知洁净的地板上，阳光从窗子倾洒进来，被顽皮地分成了一格又一格……

午安。

"你来人间一趟，你要看看太阳，和你的心上人，一起走在街上。"在心里默念这句诗，已近午时。

我写下一句：今天阳光甚好，我把我的阳光写来赠给你，你可愿同享？

走吧，和心上人，一起走在街上。

你问我想吃什么。我说，找个有阳光的地方，就着阳光吃饭，什么都是可口的。若真不能如愿，那就——看看太阳，看看绿衣红裳，吃一碗面，你夹一筷，我吃一勺，你说香菇很好吃，我说青菜挺可口，玻璃窗里映出你我的影子，阳光还没有倾洒过来，但我望了望它，我想啊，它已经迫不及待地想要赶过来，它说，我没有别的要求，我只管普照，你们做你们的事，同享这一刻，多么好。

多么好！不需要花多少钱，阳光又是免费的，匆匆忙忙的人啊，有多少知道，在一天忙碌的间隙，去吃一餐阳光可口的饭，

• 不如随心去生活

再和心上人一起走在街上，过一种诗里所描述的生活，其实就这么简单。

晚安。

回头，窗外已经是华灯初上。阳光它已经等我等得疲倦，整个下午我都在工作的繁忙之中，顾不得回望一眼。

阳光善解人意，它说不要打扰她，好让她早一点回家。

是该要回家了。

昨晚同样是晚回，抬头看到夜空中星光点点，一颗，两颗，三颗……真的站在那里认真地数了数。

只想对它们说：好久不见，我的小伙伴。

它们一定知道我对它们太过思念，所以今天化作阳光，再一次来到我身旁。

让我有了这样的一天——早安，午安，晚安，每一声问候，说给世间万物，说给懂这声问候的所有人。

第一章　我的每一天都有名字

把每天当作每天过就好

风吹了整整一天。

此刻,风继续吹,多少人还未回家?

每当天气恶劣的时候,如果在家,就会觉得幸福。

风是要把秋天吹走了吧。

看一本书,有美的图画,开篇即是——秋天真好看。

它说,要发掘秋天的美好,珍惜每一季的有限时间,享受当下的细微之美,过了这一季,有些事物就没有了秋的美味,秋味浓,好好享用吧。

它说,秋天有很多很多的关键词,诸如落叶、银杏、桂花、云淡、中秋、红枫、霜降、重阳、板栗……不胜枚举。

它说,秋天,你真好看,谢谢。

它说,秋天,真的很短吗?像一次课间的游戏那么短吗?期待中的秋天,有着幸福的长。

• 不如随心去生活

　　这些应写在初秋。我在初秋也写过：葡萄再不吃，就换季了；薄衫再不穿，就要冷了；优惠券再不用，就过期了；爱的人再不告白，就已晚了；愿望再不开启，今年就过完了；青春再不珍惜，说没就没了。

　　过去的都过去了，要来的还没有来。

　　我已经不记得在这个秋天做了什么，不论是哪个季节，我做的重要的小事就是——把每天当作每天过就好。

　　这一天又要成为过去，想一想未归的人，写短笺给风：风啊，你尽管吹，但吹过一个人身边的时候，可否小一点儿，再小一点儿？因为啊，他奔波了一天，走路时腿脚已经很累了，请你不要再牵绊他的脚步了。如果真的不同意，那你也在吹过他时从逆风变成顺风好不好？那样他就可以快一些回到温暖的地方了。

　　不知道风会不会答应我这个请求，也不知道风会不会把我的关心捎给未归的人。

　　收到她的留言：亲爱的，这个有我和他的城市今天下雨了，你那里天气好吗？

　　我看了看窗外，怎能怪风，风从早到晚，从未停息，也要累了吧。我回复：我这里的天气，风很大，它在和冬季交接，仪式有些隆重。

　　我想，应该早一点睡去，明天早上趁疲累的风还在熟睡之际，我走出去看一看秋是否还在。若在，我会认真地再多看几眼，再

第一章　我的每一天都有名字

好好享用一番,当然更要坚持做好那件重要的小事——把每天当作每天过。因为,那本关于秋天的书里写:秋天是最好的练习活在当下的季节。

如果风过之后寒意提前到来,我想像期待秋天一样期待冬天,并说一声:冬天,你真好看,谢谢。秋天,请不要怪我移情别恋,你在时,我做到了发掘、珍惜、享受,每一项都没有负你。谢谢你。

• 不如随心去生活

花时间

连续几天都有重要的会议召开。有会议就有接待,有陪同、主持、发言、订餐、倒茶、敬酒、送客。不必做到尽善尽美,至少要做到全心全力。

常听人有"应酬"之说。我近来不喜这个词。应酬,特地去查看解释:"本义是交际往来,常指为了达到某种目的,去做不想做,但又不得不做的事。"

心若装着"应酬"二字,还未动身,便已经厌弃,更何况待人。客走主家安,问题是客不走心便不会安。

不如安安生生去面对,有会就开,有发言就准备,有陪同就照顾,有酒宴就享用美食再适当敬一小杯酒,表了敬意又不失礼仪。

终会有结束的时候。中间过程少不了,那就当作一次学习,一种交流,一份历练。除了主持那一会儿,如果不知道说什么或

第一章　我的每一天都有名字

怎么说是对，唯一安全的是：听。

听他在故事里走南闯北。听她在人际里智慧生存。也许真的没有什么好听的，我也不会在别人讲话时一直看手机。不是每个人都会倾听。倾听一个人，要看着他的眼睛，要心无二用，要他讲到快乐时你露出欢颜，他讲到悲泣时你脸色暗沉。而不是掌声响起来，你却不在场。

尊重的体现，也可以是很多微小的事。更何况，每个人身上都有值得学习的地方。比如，前面的人离席时轻轻移进了座椅；她递杯时轻柔地说了声"小心，有点烫"；别人介绍名字时他颔首微笑；发言完后她小心轻放了话筒……再比如今天用餐时，他让我记住了一朵花的名字。

他说，昨天吃了一道菜，是木槿炒蛋，很好吃。他奇怪粉色的花朵怎么轻轻炒了一下就变成了淡绿。他特意去看了那家餐馆围墙外的木槿花，站在那里看了一会儿，走时还微微不舍，便拍了照。

他打开手机给我们看，木槿在照片里果然开得艳丽。他说，可惜的是木槿花朝开暮落，落了再开，吃到口里都想多含一会儿，那是一朵花的一生。

我回来在百科中查木槿，果然如他所言，木槿花朝开暮落，每一次凋谢都是为了下一次更绚烂地开放。就像太阳不断地落下又升起，就像春去秋来四季轮转，却是生生不息。更像是爱一个人，也会有低潮，也会有纷扰，但懂得爱的人仍会温柔地坚持。因为他们明白，起起伏伏总是难免，但没有什么会令他们动摇自己当初的选择，爱的信仰永恒不变。木槿花生命力极强，象征着历尽磨难而矢志弥坚的性格，也象征着红火，象征着念旧、重情义。

我没有记住一道菜的味道，也没有觉得"应酬"是在浪费时间，我只记住了一朵花的名字，却觉得这时间花得值得。

第一章　我的每一天都有名字

我的每一天都有名字

晨五时,我把电脑从书房搬至露台上,面对着天边东方的光亮写这些字,仿佛写下的字也因此带着光亮。禁不住这样做,是因为当我拍下今晨的天空后,并没有移动脚步到书房,而是把天空看了又看;当我低头看书时,却也不敢多看几行,尽管手中的书写得真的很吸引人……

主要是,此时的天空实在太美了!

美到我怕稍一低头它就会消失不见;美到我在心里一遍遍地发出赞叹;美到我忍不住想要和所有人分享;美到任何人看到它都会原谅昨日所有的遗憾;美到我为自己的拙笨而想要说声抱歉。因为,我实在无法描述这种盛大的美。

主要是,这种美是稍纵即逝的!

坚持早起,写字阅读。昼夜照顾婴孩,少有空闲时间,唯晨

• 不如随心去生活

起的时间属于自己。

曾拍下晨时的天空和日出，留待家人起床给他们看，并骄傲地说：看，多美啊！当然也不无遗憾——这些美都是在你们熟睡之际存在的，看你们错过了多少啊！

记得某先生很久之前说过一句话。有两年时间，他为了实践自己的理想开了一家小书店，无比辛苦，却又无比幸福。这家书店在冬夜十点前从未打烊过，他说孤寂寒冷的夜，想要给晚间归家的行人留一盏灯。也不是没有过疲累，每天午夜前回到家，他都累得筋疲力尽，尽管当日的营业额像往日一样微薄。

有一晚回家，他说，其实我比很多人都富有，因为我总在回家的路上看到星光。

我也比很多人都富有，因为我总在努力的路上看到晨光。

人说最怕是优秀的人比你还要努力。我还没有优秀到可以把这句话套用到自己身上。坚持早起，是不想让自己因为休产假在家而落后于他人。

因为当你停滞不前时，他人尚在奔跑。

第一章　我的每一天都有名字

想要每天都拍下晨时的天空，以此提醒自己要坚持早起，坚持努力，就像坚持爱与平常一样。

这样才会像晨时的天空一样，只要时间到了，它美，且不自知。

• 不如随心去生活

昨夜大雨刚刚过

前一夜风大雨急,城市近乎成了水城。

次日晨,跑步上班,如果路面没有积水,还以为昨夜是自己噩梦一场。

越过一汪一汪的积水,跳跳地沿途而去,仿若在夜雨中迷路的小鹿终于找寻到了回家的路,急切地奔跃向前。

途经大学校园,从其间穿梭而过,不自觉地慢了下来。没有了车子的喧嚣,赶路的人群,世界突然安静了下来,连鸟鸣听上去都分外清脆。

操场上有跑步的老人,打网球的中年人,而青年学生则拎着早餐背着书包慌张奔向教室。

除了鸟鸣,有种声音入了耳,以为是鸽哨,我停下来,仔细地听,才知道是哪位早练的人在抖空竹。

没有人会在意这些,人们往往是一边向往着远方,一边又对

第一章　我的每一天都有名字

身边的一切视若无睹，哪怕声音再动听，景色再美丽。

校园中心有一条樱花大道。我每年三月底四月初都想着要去看樱花，可每年都错过花期。今日路过，远远望去，樱花开得灿烂至极。

我拍下红的白的绿的樱花，拍下昨夜留在碧叶上的晶亮雨珠，拍下樱花大道上行走的学子……我已经忘却上班的时间，想就是迟一步又怎样，一天刚刚开始，我没有错过本就短暂的花期，已经是今日最大的收获。

迟到的原因有多种，堵车、生病、大雨、家事都是其一，如果要我填写迟到的单子，在迟到的原因一栏里，我就写：我看了一场花开。

不仅如此，我还想把这件事视为喜讯告诉一些人：快，来看樱花啊，好多，好美！

拿出手机给一个人打电话，听到的却是"您拨打的用户已关机"。哦，真是有点遗憾呢，好吧，由此告诉自己，以后手机永远不关机，我怕错过谁给我打的一个有关花开的美丽电话。

那就从樱花大道的这端走到那端吧，这一路一走，就好像沾染了一身的芳香。擦肩而过的学子，不看我，不看花，只是低头赶路。

这些学子，三年、五年，甚至十年后，他们会在哪里？是不是已经把梦找到，过得更好？他们是不是还会记得在每年的三月

不如随心去生活

底四月初回来看一眼校园里的这场盛大花事?

谁还会记得回去呢?踏入社会后,才会知道在校园里的时间是真的多。把所有时间都用来赌未来,不必功成名就,不必刻意怀恋,大学校园和中学、小学校园一样,它没有什么特别,只是人生的一个驿站而已。

如果我的弟弟或妹妹正走在这个校园里,我会告诉他/她:别慌张,要早起,去操场上跑步,读几页闲书,牵着喜欢的人的手从樱花大道这头走到那头……嗯,即使你毕业很久,也要懂得和他人分享喜悦。

我站在开着淡绿花朵的那株樱花树下,发出一条短信:没什么事,刚才打电话,就是想告诉你,我看到了好多好美的樱花,想把这份喜悦传递给你。

工作日的早上,只有在这样的时刻才会有此般心情,出了校园大门就会知道,喧嚣的车辆、赶路的人群、闪烁的红绿灯,整个世界都在挤挤攘攘。我融入其中,再回头看看留在身后校园里的一树树花开,好像是刚刚完成了什么重要的事一样,深呼吸,嘴角上翘,像一头再次迷路的小鹿踩着昨夜遗留的雨水,跑步向前……

第一章 我的每一天都有名字

见人

又下雨了。

昨天下午还在他的办公室看夕阳正好。与他的办公室仅一墙之隔,但因为朝向不一样,我转头而望,只能看到窗外楼下慌张赶路的上班族。不像他的办公室有一扇朝西开着的窗,夕阳像是镶嵌在窗子里。窗下是一家医院。生生死死,有死,才更懂得生的珍贵。所以,若我举杯对夕阳,我定会想:多好啊,健康着,还能做自己喜欢的工作。

我说,啊,夕阳真漂亮。

他看了一下,也说,是啊。

我们又对着夕阳看了那么一小会儿,那一刻,好似把所有的喧嚣都关在了门外。

然后,他给我讲他八十多岁的老母亲。他说,就剩这一个宝了,老年人恋家,她嚷着要回老家,理由是:在老家,人走到哪儿,夕阳跟到哪儿;在城里,夕阳在哪儿,人不知道。

• 不如随心去生活

是啊,像我们,平时加班到很晚,回家路上望夜空,偶尔看到有星子在闪烁,就好像是看到了内心的光亮,于是被安慰。即便是不加班,夕阳落到了哪里,也只有高楼知道。

有一年和大 boss 一起出差,车子驶过平原,落日正圆,且一路跟随,我用手机拍了下来。大 boss 讶异,称赞我的细腻,并说他已经很多年没有抬头看过天空了……

我不是细腻,只是在我心里,夕阳、花朵、流云、溪水,比车子房子还要让我眷恋。相比较而言,夕阳、花朵、流云、溪水,只需抬抬头、低低头便能得到,不需要什么工夫,且还是美的。

我们对着夕阳,聊了会儿天,他送了一幅画给我——两个小人儿在放风筝,蝴蝶风筝在空中像朵盛开的花。太阳和蝴蝶的颜色一样,是淡淡的红。怎么,蝴蝶像花,太阳开得也像花?真正好看的画,是不是都是这样:笔触简洁,却用意极深。

画上有几行他的毛笔字:

风筝呢

在天上在日头上面

人呢

在地上在日头下面

把心情放到高空云端

第一章　我的每一天都有名字

呼唤之声

在天地之间

少时喜欢读诗,夜夜枕诗而眠,也曾收到彼时年轻的诗人所赠的诗,但多半读不懂诗里的深意。画也如此。人更是。面前的他,历尽人生沧海,看透世间万象,而我只活过单薄的数十年,怕是讲什么都让他觉得肤浅。

在大家名家面前,不如不讲。只做好一件事——倾听。

从办公室到席间,从黄昏到夜深,从天上到地下,从古史到时政,从民俗到神话,从纳西族到外星人……有的人就是有这样的功力,无论他讲什么,你都不由自主地被吸引,面前饭菜再诱人,你的眼睛只看牢他。

这样的人,最适合共乘一列火车,不管目的地在哪里,不管窗外是雨丝在飘还是夕阳正好,坐在他身边,你不用说太多话,旅途却一点也不寂寞。昨晚告别他,也在想,什么时候自己才能修炼到如此境地,上知天文,下知地理,说风有很多故事,说雨也不少经历。不过又想了想,现在,将来,如果我们结伴共乘一列火车,不说太多话,只分享一个苹果,共戴一个耳机听几首歌,然后看到窗外的云朵披在山头,我指给你看……人生有热闹的时刻,也应该有这样安静的时刻,这样才算完整。

• 不如随心去生活

一天

【早】

我穿上喜欢的连衣裙,起身去菜市场。极少早起去菜市场,去了就想多待一会儿,看那红的果绿的叶。

早些年在心里看轻家庭主妇,现在倒对这样的角色有了念想,若做一个主妇,洗衣浇花煲汤,到菜市场买菜,花时间挑几个番茄一把青菜几根小葱,红的绿的装进小篮子里,回家路上迎面遇到相熟的人聊上几句,或者坐在檐下吹吹风晒晒太阳,半个上午就这样过去也不觉得是在浪费时间。白昼会越发长起来,也不急,看看书,写写字,早想学习女红缝制、手工烘焙,终于有了时间。待蝉声尽落斜阳已至,放学铃声响起,我牵着长不大的小狗去学校门口,把一天未见的小少年望了又望。

"牵着小狗来接我放学。"这是一个小少年的愿望。

"我下班回家看到你在。"这是一位某先生的愿望。

第一章　我的每一天都有名字

多数愿望都不能成真。

所以，不如许下小小的愿望，比如我昨晚许下的愿望是想在早上上班前买蔬果给父母送去。昨晚的愿望，今早就能实现。红果绿叶水蜜桃，我不在家时，让它们替我照顾好两位老人，胃也好，食欲也好，只有他们吃好，养好身体，我才能朝九晚五像往日一样正常上班。

能够在每天早上按部就班地去上班，也不失为一件幸福的事。当然如果能带着食物顺道去看看父母，和他们说会儿话，看他们逗猫咪，更是幸福中的幸福。

这个早上，我十分愉悦地去上班，也不再惧怕告别，因为和父母说完再见，我知道晚上还能见到他们。健康的他们。养着猫咪种着茉莉的他们。等孩子归来的他们。

【午】

在办公室沙发上躺着看了几页书，眯眼睡去，好像还做了一个短梦。想起杨绛在《我们仨》里写过：

> 我曾做过一个小梦，怪他一声不响地忽然走了。他现在故意慢慢走，让我一程一程送，尽量多聚聚，把一个小梦拉成一个万里长梦。这我愿意。送一程，说一声

• 不如随心去生活

再见，又能见到一面。离别拉得长，是增加痛苦还是减少痛苦呢？我算不清。但是我陪他走的愈远，愈怕从此不见。

有点点的惆怅。起身依窗而立，还未到上班时间，难得有闲又没敲门声，握着水杯，凭窗远望，看到一位穿着白衫长裤的女孩手捧一束鲜花，走得急促又犹豫，想必是希望花束尽快找到主人，却又怕迷了路。

每封信都能抵达案头。每缕风都能吹拂他身。当然，每束花也都能找到主人。

送花的人也是幸福的吧。若手捧鲜花还能不愉悦，手留余香又从何而来。

【晚】

按时下班，是我今天早上许下的愿望，所以我要在今晚实现它。

想那日按时下班，回到家不像往日，吃饭的人已散去，餐桌上只留碗盘和凉去的菜，而是看到父母在厨房，他掌勺，她切菜，你一句，我一言，从年轻时候开始，几十年过去，都吵个没完。可是，那一刹，感动涌上心怀，下班回家还能看到父母在厨房做菜，吵嘴，这样的情景，我还能看几十年呢？

第一章　我的每一天都有名字

一天一天地老去。时间才是最残酷无情的。

我将手机按了静音，默默地躲在厨房门口，用视频录下不再年轻的父母，拍下他们做的并不十分可口的饭菜。

尽管不年轻，但只要他们在；尽管不可口，但只要是他们做的，就好。

"我陪他走的愈远，愈怕从此不见。"

再远，终有不见。我有很多很多不舍，也不知道到了那一天该如何面对，想必每次梦见都会把一幕幕拉成一个万里长梦，醒来都会泪流满面。所以，趁他们在，有好吃的想着他们；有好穿的想着他们；他们想要实现的就帮他们实现；哪怕只是早上送一把小葱，晚上聊聊天，逗逗猫，闻一闻茉莉，只要能够看到他们，也能够让他们看到我。

• 不如随心去生活

我喜欢的，有这样的时刻

露台上。

我躺在小姑娘身边，说："我们什么也不做，就看看云，听听音乐，好不好？"

开始单曲循环一支曲子。很喜欢。

云大片大片的，风一吹，就会散去很多。

我喜欢的，还有这样的时刻：

大男孩坐在身边写作业。我想把音乐声音关小，他说不影响自己写作业。见我蹲在大朵扶桑面前，他言语目光里都是喜欢，说我来给你和妹妹还有花朵拍张照。

厨房里，菜肴齐备，寿司也已经做好，M先生没去看表，只待落日，敲门声响起。

不是特殊的宾客，都是最亲的家人。父亲牙齿不好，肉要炖烂一些；母亲忌海鲜，虾皮要少放；哥哥喜辣，青椒红椒配一点；

第一章　我的每一天都有名字

小朋友们爱吃甜，果汁事先准备好。

我们边吃边看今天的月亮是否更圆，我们边看边说明年要栽上桂树或搭建葡萄架……不知不觉，桌上的饭吃完了，有的收衣，有的洗碗，末了小椅子排排坐，节目表演开始了：有握着葫芦报幕的主持人，有跃跃欲试要跳舞唱歌的大儿童，有争相玩闹抢板凳的小朋友……

纵使这么平常的俗世生活我写过很多次，可只要和家人有关，我就想这样永远不厌其烦地写下去。因为我是那么地想留住我和这世间最亲爱的人在一起时的分分秒秒，待经年之后再忆起时，我会倍觉此时此刻的珍贵。

甚至连听的音乐名字我都要记下来，阿南亮子的《Refrain》。

最亲爱的人不在时，我听这支音乐时最想他们。也最怀念看起来再平常不过，却在有一天看来那么值得怀念的今天。

我希望，"有一天"晚来一些，再晚来一些。

忘了流年，醉了春风

一天。

离开城市，去找寻一处绿地。林间，树有些密，叶间漏着细碎的阳光。铺了毯子，放了果蔬，团团围坐，像一次没有商量好却也颇有趣味的野餐。

有些地方，如果喜欢，一定要多看几眼，否则有一天再去时，它也许会变了模样。

去年，最喜绿色林间红色石子铺就的长路。沿着它走下去，回不回头都是风景。今再去，已是伐了幼木，建了房屋。好在林间深处，一树花也像知道自己时日不长，拼尽全力地开着。

我向买我的《时光的礼物》的读者允诺过一件事，要在花下写明信片。写我在花下，写阳光正暖，写孩童的笑声，写细微的春风。

忘了流年，醉了春风，亦是如此吧。一张张写完，累了就歪

第一章　我的每一天都有名字

在毯子上眯眼小憩，谁路过惊扰了我？原来是叶子飘过落在我身。我捡了一片，小心地擦拭，然后在上面写上一行字：时光的礼物。还有自己的名字。把写好的明信片、飘落的花瓣、有字的树叶，一起拍下来，将此时此刻分享到网络上——一个所有人能够看得到的地方。

世界很美，而你正好有空。其实世界多有不美，来的路上，拆建，雾霾，灰尘，河水干枯，树木被伐，鸟儿无家……但是分享的那一刻我原谅了这世间的荒芜。有什么样的心，便盛载着什么样的世界。

"只要心中有景，何处不是花香满径。"明信片上，我写下很早以前喜欢的一句话，连同花间春风、花下有眠一起送给你。

再辗转去一所大学校园。青春真是好啊，不施粉黛，简单衣裙，都能让人不舍收回目光。我好像用了快半天的时间，追着青春一直看。想如果时间倒流，人生重来，我走在这样的校园，会不会也如她们？

如果有人问我除了旅行过的景点，最迷恋什么地方。我能不能说，其实我最迷恋的是教室。

昨天去开家长会，老师要求家长坐在孩子的座位上。我坐在第一组第四排，看黑板，听老师讲话，甚至偷偷开小差，把所有能做的动作都做了一遍，因为我那么想知道孩子在教室里怎样度

不如随心去生活

过一节节课。

真想回到学生时代啊。

每天收到读者来信，看他们在信里讲述十几岁的惆怅与欢喜、隔壁班暗恋的男生、语文老师的绰号、体育课上男生的出糗……我都在想，真想回到校园里，坐在某个教室里，惆怅不嫌多，欢喜也可以没有。只要能回到校园里。

我迷恋教室。哪怕我今天偷偷从教室后潜进去，看到的是课桌上放着电脑玩游戏的男生、戴着耳机发困的女生、课桌下小动作不断的恋人，但那种安静和认真读书的一刻，也只有在教室才能够看得到。

我选了一张桌椅，坐下来，拿着书和明信片，安静地翻，沉默地写，没有同桌，没有老师，没有作业，但是那一刻，我好像真的做回了学生。很幸福。

尽管迷恋，还是要离开。没有人发现我的离开，就像完全没有人发现我的到来。回头望一望这间和其他大学里并无太大区别的教室，我开始在心里努力地计划，接下来的日子，自己要不要在周末，甚至某个工作日，报一门课程，只为坐在教室里，重新做一回学生。没什么重要的事，只做好一件事——认真专注地做个学生。

我把在教室写好的明信片拿出来，与一簇白色花朵合影。我

第一章 我的每一天都有名字

答应过的事情，一定要做到。哪怕明信片上只字未写，也要把心里盛开的芬芳与签收时光礼物的他们一起分享。

白色花朵的名字叫琼花。那是我第一次见到它，不知道下一次再来是否还能再见，所以我把它看了又看。它只字未说，却把一朵朵的芬芳留给了当下的我……像这不声不响的时光，只字未说，却把我想要的不想要的当作礼物全都送给了我。

• 不如随心去生活

每个人都应该有属于自己的房间

每个人都应该有属于自己的房间。

房间里一床,一灯,一桌,一椅,再加上一盆小小的绿植,足够了。

床头要有书,三五本,不需要多,睡前总要翻上几页,昨晚翻的这一本,今晚翻的是那一本,没关系,只要有书。

还要有一个本子,心里有想说的,就写几句,不想说,就摘两段,总之,不能空着。

不能空着的还有这样一个房间。尽管每天早出晚归,在房间里的时间是有限的,但茫茫尘世间,唯这一间小小的房能容你的身护你的心。一扇门,将喧嚣隔在室外;门内,你的房间就是你的整个世界。

你想怎样就怎样。自由,本真,除了自己还是自己,真好啊,再也不用在意他人的目光,再也不用听从他人的安排,想怎样就

第一章　我的每一天都有名字

怎样。

不是没有孤独的时候。听到一首歌，好听或不好听，都想说一说，拿起手机，写了删，删了写，终于还是点了取消，说了别人未必能懂，不如自己来听，听着听着会不自觉地哼唱起来，唱着唱着不自觉地有了泪意，一首歌而已。是啊，只有自己明白，他人听到的是歌，你听的是故事。

不是没有人想要进来坐一坐，其中也有异性，你多是拒绝，本也没什么，但你认为，你的房间就是你的心，人那么多，你的心里也并不是谁都可以装得下。房间很小，但也足够大，大到能装得下你所有的悲欢；小到多一个人就觉得多余。

偶尔会接到一两个电话，接听时还没觉得有什么，收线后反而觉得房间里愈发安静，静到让自己莫名地难过，再也不想一个人住，想晚回时有灯亮在窗口，想不再担心钥匙万一丢掉怎么办，想推开门时有人问回来了，想不必定闹钟也不怕早上睡过了头，想再也不羡慕那些有家的人……

是的，你说回家了，其实，哪里是家啊，只是一个房间而已。

忽听有家的人说，羡慕你一个人住，多好！

你以为她说的是假话，直到很久之后你成了家。

有了家，你才知道，与爱人关系再亲密，也要有属于自己的房间——房间里有床，有灯，有桌，有椅，再加一盆小小的绿植。

• **不如随心去生活**

　　床头要有书，三五本，还要有一个本子……
　　　　一扇门，打开，是你的家；关上，是你自己。
　　　　无论什么时候，都不能丢了自己。

第一章　我的每一天都有名字

我要起身走了

我要走了。

我要起身走了。

我收拾好衣裙，书本，电脑……我还要带些什么呢，好像什么也不需要带，除了带上自己，其他都是多余的。

我没有购票，没有订房，不分白昼与黑夜，今天决定，明天就走，坐着一部车，走到哪儿是哪儿。总之，路途有多远，我就会走多远。

我写了两封信，锁在抽屉里，如果我不能够回来，信将寄给收信人。如果平安回来，我收回，让时光慢递，慢到忘记了信的去处，慢到忘记了信的内容。

我走之前，什么都说了。我回来后，什么都不说。

我要去看用泥土和枝条建造的小屋，要去林间听群蜂高唱，要揭开晨曦的面纱去到蟋蟀歌唱的地方，在暮色里细数红雀的翅

- **不如随心去生活**

膀……我要起身走了,因为我在心灵深处总听见那波涛声声:你再不起身,春天就要过去了。

我要看的这些,远方也许有,也许没有。诗歌里已经写有,想象里已经完成,足够。

如果不能随我远行,请与我一起念诵叶芝的诗:

> 我要起身走了,去茵尼斯弗利岛,
> 用泥土和枝条,建造起一座小屋;
> 我要有九排云豆架,一个蜜蜂巢,
> 在林间听群蜂高唱,独居于幽处。
> 于是我会有安宁,安宁慢慢来到。
> 从晨曦的面纱到蟋蟀歌唱的地方;
> 午夜一片闪光,中午有紫霞燃烧,
> 暮色里,到处飞舞着红雀的翅膀。
> 我要起身走了,因为我总是听到,
> 听到湖水日夜轻轻拍打着湖滨;
> 我站在公路,或在灰色的人行道,
> 我心灵深处总听见那波涛声声。

请允许我在一声声的念诵里,与你告个别。如果我回不来,

第一章　我的每一天都有名字

就当我与这世界告个别。用这样美丽的诗意的方式，与这世界的一草一木一砖一瓦，及最重要的你们，一一作别。

如果我真的回不来，请我的家人和家人之外的某些人，记得我深深地爱过你们。除此之外的其他人，请忘记我。

再见。

• 不如随心去生活

归途

我回来了。

走过千山万水，看过星辰大海，最终返回，正是因为归途的尽头有你——我的家和我的工作。如果一生能自由地活着，我想工作时努力工作，生活时用心生活。

我触到过初下火车时异地的清凉；我目睹过蜻蜓在雨后打湿的翅膀；我奔跑在海边草木丛生的小径上；我有过伫立在岩石峭壁的惊险一瞬……

我记得那个城市多蜻蜓；我记得海上落日正圆；我记得出海的渔船左右摇摆；我记得忽晴忽雨走一程歇一遭想起的那句"以梦为马随处可栖"……

每一次旅行归来，都想写很多很多的字句，以为这样就可以留住看过的美景、路过的种种、在路上的记忆。只是手指触到键盘时，却又不知排山倒海涌进心里的一字一句该如何排列。不如

第一章　我的每一天都有名字

一点一点来，正合了出发时的心意：不在路途中记述，是想在回来后每天写一点，好把旅程再回味一遍。

不如从这里开始——

我们全家人浩浩荡荡，穿着亲子装，绿色T恤，卡通图案。

妈说：只差你有一个女儿，这样就十全十美了。

九口人，世界上最亲近的九个人，出发去旅行，我已然觉得完美。

经历了病痛的折磨，住在重症监护室的痛苦，和无数个日夜在医院的奋战，我们全家人才能够一起健康地出行。看海望水，赏花沐雨，夕阳是美的，月亮是圆的，连沙滩都是分外柔软的，所有路过的人看到我们这有老有小身着亲子装的亲子游，也都会在心里想：什么时候若和这家人一样，该有多好！

趁父母还能迈得动腿脚，趁孩童还能抛开学业的纷扰，趁我们身强力壮能照看老人幼童还能手里有些余钱，该去看海时即刻出发，能品尝美食时不过分节俭，趁来得及，趁劫后更懂得惜福……

正是暑期旅行旺季，当地物价十分昂贵，但这又怎样呢？我记住的是那个海滨小城有许多蜻蜓，我们去时，它们在空中一只只欢迎，我们走时，它们在空中一只只欢送。除此之外记住最多的便是用相机拍下的一家人欢快的笑脸，我想，多年以后我翻看这些照片时，一定会想：那一年的夏天，好幸福！

• 不如随心去生活

你就是春日

我用了一个中午的时间去见她。

我穿着白纱裙,披着刚卷的发。她等在那里,远远地看到我,笑着说,很好看。

我们在嘈杂的饭厅面对面地坐着,吃小碗的饭和青菜。

她和我的手里,各提着一只黑袋子,她的是小的,我的是长的。

几分钟过去,我们来到附近的广场。阳光温煦,长椅静默,花朵无声绽放,连喜鹊都在枝头悄悄展翅,又欢喜落下。

我们散步,慢慢地,不急不缓。长椅空着,我们不坐,找了大块的石头坐下,也不管它脏不脏。只因为面前有花。

紫色的小花,花瓣薄如蝉翼,却承载着微风、朝露,还有好奇的蝴蝶与蜜蜂。我们坐着,聊天,谈笑,视花朵为知己,在彼此面前,无话不谈。

她展开小的黑袋子,拿出两个苹果,一个橙子。

第一章　我的每一天都有名字

我们穿过广场去找洗苹果的地方，路上，我对她说，有一段时间，我喜欢放一个苹果在办公桌的抽屉里，这样一拉开抽屉，就能闻到淡淡的苹果香，我曾认为这是件幸福的事，尽管它真的很微小。

再次坐下来，对面也是一片花。我们吃着苹果，聊着天，从青春到迁徙，从两地到相聚，从丽江到西藏，从四月到八月……如果有人想知道我们都说了些什么，请弯下腰，小声地问询我们面前那片黄的紫的开在春天里的花。

忘记了去向，记不得时间，就是坐在这里，吃她剥的橙子，一瓣，又一瓣，恍若吃到了日子的甜。

返回时，我拎起长的黑袋子，才记起她上午发我信息："天暖无风，中午可否一起吃饭打球？"

天暖无风，这样的午后静谧、温软，白色的羽毛球也在尚未拉口的袋子里好好地偷了个懒……

刚刚分别，她发来信息："才想起，我剥的橙子皮儿忘在咱们坐的石凳上了。人走了，痕迹也留下了。"

我回："没关系，不会有人怪我们的，那是我们留在春日里的水果香。"

低头，看刚刚和花朵对坐时拍下的照片，我的清新，她的美丽，嗯，我随手给这些照片命了名，就叫：你就是春日。

• 不如随心去生活

跟你谈心，我把时光全忘了

"没有什么好说的，就说说天气吧。"

备忘录里留了这样一句。

想是当时想要写些什么，但又觉得没有什么好说，就说说天气。

也许是想起一个人，想和他说说话，但又觉得没有什么好说，就说说天气。

关于天气，有很多话说，晴有晴的话，雨有雨的话，风起时有话，云走时有话，朝阳有话，晚霞有话，说再多的话，别人也看不懂心思。

可是，如果真的对一个人常常这样说天气，对方应该知道，你想说的，其实真的不仅仅是天气。

在外的时光，几乎被工作填满。每天都在开会，每次都是主持，注意力要高度集中，不能像别的人那样在会议本子上画小花。

第一章　我的每一天都有名字

需要学习的太多太多。如果做一件事情觉得吃力，那一定是因为能力不够。

朋友圈里几乎人人都在晒旅游照。不明白只写一个地名发九张图有什么意义。也许是向家人报平安，否则毫无意义。

我也曾去过喜欢的地方。未来还会去。只是当下，小小的婴孩尚在怀中。并没有觉得她束缚了自己想要展飞的羽翼，而是想，我今天做的所有事情，都是为那一天的到来而做着准备。

小婴孩一百天了。为她举行了百日宴。百余位同事几乎都到场了。

为迎他们，我精心准备。亲手设计制作了专属卡片，世上仅此一种，每个礼盒里都有我亲笔写到凌晨两点的私语。

每个赴宴的宾客都手执写给我亲爱的小女孩的明信片。一百多张，系着蝴蝶结的小盒子装得满满。戴着王冠，穿着白色公主裙、蕾丝鞋子的小女孩长大后，会细细读来。哪怕有一天我不在，她也会感受到这个世界给予她的暖暖的爱意。

他们说，这是参加过的最有意义的百日宴。

哪怕一件很小的事，也要用心，做出自己的风格，让这件事具有特殊的意义。

• 不如随心去生活

每天几乎不是晚睡,就是不知何时睡着了。

有人来谈心,谈到很晚。

"那人走时,只有星光送他。"这是我少女时期记到摘抄本里的一句让人过目不忘的话。

那晚,送走谈心的人,入梦前翻手边杂志,恰遇一诗:

> 跟你谈心,我把时光全忘了;
> 忘了季节,和季节的变化;
> 也想不起了;清晨的气息最甜——
> 多甜啊,一会儿,添上早起的鸟儿
> 第一声啭鸣;东方,太阳初升,
> 给美好的河山染一层金光,又染红了
> 露珠闪闪的花草、树木和果实,
> 那光景多可爱;柔柔的阵雨下过后,
> 肥沃的大地发出泥土香;多美啊——
> ……

诗的结尾是:如果没有了你,不会是甜的、美的。

跟你谈心,我把时光全忘了。

如果没有了你,不会是甜的、美的。

第一章 我的每一天都有名字

几乎可以作为情话来传递了。如果不好意思说出去,就将小诗发给他,然后说:读首诗再睡觉。

并不是所有的人都要说很多的话,有时候,一句便明了,比如,七夕情人节,有情的人对有情的人只说一句:

你见我,从未激动;我见你,内心汹涌。

跟你谈心,我把时光全忘了。

想着今天终于加班将手边事情处理得差不多要去早睡,却写着写着把时光全忘了。

每次来这里,不管写什么,也不管写的是长还是短,都像是你坐在我对面,我跟你谈心。你微微笑着,只是侧耳倾听,良久不语。

我知道你是想听我说完,不打扰的温柔。然后待我去去再来时,看到你留下的只言片语。好像是我们一起喝茶,趁我去去未归时,你悄悄留了便签,位子已空,余温尚在,你人已去,风坐在上面。

所以,别担心,只要我来,你留下的"便签"我就会看。你的祝愿我收到了,你说:愿你枕好梦入眠,今夜清风明月相伴。

我真的要走到窗前去看看夜空,脚步轻如猫咪,小女孩的梦一定是美的、甜的,我怎好打扰。拉开窗帘,咦,刚刚挂在梢头的一

• 不如随心去生活

弯清月去了哪里？我想，它定是学着小女孩的样子悄悄睡着了，愿它的梦是美的，也是甜的。

同时，愿世间喜乐，愿众生长安。

第一章　我的每一天都有名字

你慢慢讲一个清淡的故事

公园里。

在一棵花树下小坐，吃一些小零食和酸奶。

打羽毛球的时候，感觉许久不曾这样运动过。

远处的摩天轮上坐着偎依的情侣。我也不止一次坐过摩天轮，从少女时的无知无畏到现在宁愿仰首做观众也不想再冒险。

人变老从来不在一夕之间，而是不知不觉的。

过山车也坐过一次，以为是火车出了轨，以为是地震无处逃，剧烈的晃动以至于头疼欲裂，车停了反应过来后还怪身边的他没有拉住自己的手。

这些都是年轻人爱做的事。

现在的我，在嘈杂中择选安静之地，看长椅上的水珠被阳光折射，背诗给身边的人听。

在百年古槐下听老年人没有伴奏的合唱，记住歌的名字——

• **不如随心去生活**

《家乡有棵相思柳》,边听歌边想象他们年轻时的样子,一定也把酒言欢过,一定也相思热爱过,一定也海角天涯过。

长发妈妈穿白色长裙,和同样穿白色衣裙的小女孩牵手而过。忍不住看了又看,将视线拉得很远。总觉时间过得快,可也想像我的小女孩这般,留长发,穿白裙,瘦而好看,这样一想,便又觉得时间过得慢。

时间就是在这样一边遗憾一边期待中过去的。

背一首埃迪特·索德格朗的《礼物》。曾认为凡时光给予我的都是礼物,我的小男孩也是礼物之一,日日写情书给他,收在一本名叫《时光的礼物》的书里。第一封情书里便引用了这首诗——

> 在这五光十色的世界里,我要的只是公园里的一把长椅,有一只猫在上面晒太阳。我想我应该坐在那儿,一封信紧紧地贴在我的胸膛,我想这就是我的未来。

如今,小男孩已长到可以和我一起打羽毛球的年纪,中场歇息期间,他还不忘在花树下捡拾一朵小花,给妹妹戴到耳边。

再过一些年头,小男孩和小女孩都长大了,去了远方,我也老了,我想我要的未来便是如诗里所写:我要的只是公园里的一把长椅,有一只猫在上面晒太阳,我想我应该坐在那儿,一封信

第一章　我的每一天都有名字

紧紧地贴在我的胸膛。

　　信里写：妈妈，我们都很好，只是有些想你。

　　孩子们都很忙，信写得很短，但我会看了折起来放进口袋，再从口袋里拿出来重看，直到有人问起，我会像讲一个清淡的故事一样慢慢把年轻时的往事讲给他听……

　　只是，到了那时，曾经陪伴我的人们，你们又将会在哪里？

• 不如随心去生活

请让我写完一封信

亲爱的,

我想给你写封信,从冬天写到春天,如果可以,能不能让我写完夏天,再写秋天……

写三月的玉兰花开,写四月的微雨初歇,写冬天看过的电影,写春天唱过的歌谣。亲爱的,你是否知道,不管我写的是几月,你都住在这里面。

我想把清晨的鸟鸣写给你,想把午后的暖阳写给你,想把夜晚的星光写给你,你也拥有清晨、午后、夜晚,但我们的不一样。你的是你的,我的是我的。

我想告诉你我吃了一块很好吃的蛋糕,想告诉你我买了一条花裙子,想告诉你我看了一本还不错的新书。你也许完全不在意这些,但我在意我是否告诉了你。

我写出歌里的"却见依稀仿佛,你在水的中央",我写出夜

第一章 我的每一天都有名字

夜诗里的水来,我在水中等你;火来,我在灰烬中等你。我写出"今年月与灯依旧,不见去年人,泪湿春衫袖"……我想写出与你相关的所有哀愁和喜乐,最后我还要告诉你哀愁与你无关,喜乐都是你给的。

我想在信里替你回忆过去,为你记叙现在,至于未来,我想交给时间。

谢谢这个世上来了你,令我生有可恋。最后,我会在落款时,郑重地写下四个字——爱你的心。

我就要起身去远方了,你要不要也跟随我的脚步,去山的那边看一下?

在生活中寻找一点一滴的温暖,正如看清了世界却依然深爱它一样。

我想给你写封信,从冬天写到春天。

这不是花,这是表现于色彩之上的露之精魂。

第二章
世界美如斯

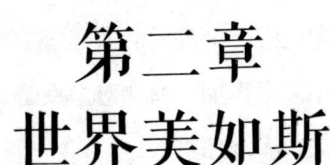

• 不如随心去生活

看清这个世界，然后继续爱它

要时刻提醒自己做一个善良的人。

尽管你已经知道了真相，有人对你真心，有人对你假意。

糖果很甜，未必人人都喜欢。

太阳很暖，夏天也会招人厌。

花朵很美，还是会有人走近一点就过敏。

更何况你只是一个再普通不过的人。哪怕你交付了真心，别人回赠的是假意，你也要相信，他不是故意，他应有他的难处。

看清这个世界，然后继续爱它。这才是你最应该做的。

第二章　世界美如斯

我知道你很美

穿了喜欢的秋天衣裙和鞋子,走在路上轻盈如蝶。衣服是枣红色的,小小的雏菊斜斜地绣在领襟,有几片白色的花瓣飘散在周边,感觉阳光、微风和所有的意境都在里面了。

不再在意他人的目光。任何人的评价都不及我内心对自己所认定事物的喜欢。

事实上,也鲜有人会在意你今天穿了什么。有时候我会在意。偶尔瞥到角落里的某个同事剪了新发型,或在走廊里遇到穿了好看衣裙的她,会告诉她们,你今天真好看!

适时地去赞美一个人。也许她为了得到赞美或让自己更好看些,从前一晚就开始构想今天的着装如何搭配,如何让自己把这个世界装扮得更美丽。

赞美别人也不只是着装,比如他今天的发言还不错,她今天的文案一次通过,他把会议桌擦得很干净,她接客户电话时有礼

• 不如随心去生活

周到，别人做的哪怕一点点，若看到，就要记在心里，遇合适的机会就将赞许传递给对方。

　　这世界，不仅仅需要美，也需要善，而我们每个人都可以做到。

第二章　世界美如斯

世界美如斯

【1】

周末没有想着早起看日出,没想到醒来时它正喷薄而出,站在云下看了那么一小会儿,很美,且短暂。

遇见美好的事物需要因缘。

第一次看日出是在泰山,前一日用了半天的时间登至山顶,夜间看星星,晨起看日出。正值八月,山顶沁凉,租了军大衣双双挤挨在一起,终于等到日出。山顶日出和海边日出,看过就不会再忘掉。那种美,不论是文字还是相机,都不可复制。

喜欢一个人,要去做一些浪漫的事,比如看日出。哪怕分手,也曾经为爱做过有意义的、有趣致的事,想起便不会觉得遗憾。

• 不如随心去生活

【2】

夏日午睡，醒来看手机，是几秒钟的小视频。美好的事物是寂静的。

视频里，下午的光影打在餐桌的薰衣草上，寂静无声。

是他在厨房为我煲汤，转头看到这样刹那的美，觉得自己与微风和光影同在。

为爱人下厨，是一件再世俗不过的事，但他那刻被这样的瞬间打动，并拍下来与我分享，就极有诗意。

【3】

有一份希望，家门口有花店。不管是他还是我，一手拎菜，一手抱花。

曾在孕后期，走很远的路去十字街口的花店捧花回来。若怀有同样美意的人乘公交路过，一定会觉得那一刻的我是美的。

父亲驱车前往郊外花市，买了扶桑和茉莉给我。还再三嘱咐我给花浇水要缓慢细致，沿根茎一点点地将水沁入。扶桑开得夺目，茉莉香得扑鼻。

我刚刚学会网上购物，在网上买了开得正好的桔梗，遥遥千里寄过来，想有一天也这样通过网络以花作礼物送给友人，每周一束，她收到的不是花，而是满满的情意。

第二章 世界美如斯

【4】

我还不曾给初识的友人送花，只是写了信，寄到她所在的广州。

她也曾漂泊无依，最终在广东尘埃落定，只因遇到了和她一样爱画画且比自己还要珍惜她的他。

她看很多很多的书，给每本书写满满的读书笔记。偶尔在写笔记时把自己读书倚过的窗台伏过的书桌还有风微微掀起的窗帘拍下来。她把阳台布置成小小的花园，常置身其间画下每一朵花的样子。

我写信给她，不提约稿的事，只写她和我中学时暗恋过的男生同名，那时候内敛，将他的名字在心里练习百遍，也不敢在他面前轻易脱口。如今信端唤她名，就如同将他呼唤。我还写了什么已然忘记，认识她以后，就想着要向楼梯上相遇的每一个邻居微笑示意，也许对方和她一样，也蕙质兰心，也写书绘画。还想着中秋节送月饼到每一户邻家，顺便看看他们家里是否有花园，花园里是否有画夹。我在信末写道，多次受邀有机会到广州我都没去，原来是为等她。想和她做的每一件事，在那个南方的城市里都是第一次。

她寄来她的书，每一本的扉页都有她的寄语。有一本不是她自己写的，选择时却也别有用意，因为书的名字是我的名字——心。她在扉页摘抄了洛尔迦的诗《第一个心愿之歌》：

• 不如随心去生活

在绿色的早晨,我想成为一颗心,一颗心。在成熟的夜晚,我想成为一只夜莺,一只夜莺。灵魂变成橙色,灵魂变成爱的颜色。

我一一读完,并将在写给她的信里告诉她:大雨天,小姑娘睡在我的身旁,我倚窗而读,邻家盛开的丝瓜花正在风雨中飘摇,雨水随风溅进来,滴滴沁凉,她的夜来香、蝴蝶兰、鸢尾、忍冬花、紫云英、三叶草、木棉、柚子、芒果、紫荆、老榕树……她读过的德富芦花写的《碧色的花》:这不是花,这是表现于色彩上的露之精魂。那质脆、命短、色美的面影,正是人世间所能见到的一刹那上天的消息。

人世间所能见到的一刹那上天的消息,来自花叶果木,来自云飞云起,来自日出日落,来自可见到的所有的美。

【5】

当年一起在泰山看过日出的人,我至今还与他在一起,过着岁月静好、现世安稳的生活。

我认识一位作家,擅书法,写了"静好"二字赠我。我甚喜,向他致谢,说:静好二字,多少女子求之不得,今我早早获得,为此,我一整天走在路上都会忍不住嘴角上翘。他说:你喜欢

第二章　世界美如斯

就好。

【6】

你喜欢就好。

我喜欢的那么那么多,每天来书写都不够,日出,花影,云朵,轻风,微雨,皎月,秋色,诗歌,火车,陌生人的善意,某个人的馈赠,凌晨三点的我想你……

这些都是我喜欢的,很多很多,它们和你一样,都让我觉得——世界美如斯。

• 不如随心去生活

在天空下吃饭

最是喜欢每晚回家路过的一个街角。小小的街角,有着俗世的热闹。随意几张方桌,摆在餐馆外面,街这边是,街那边也是。

早些年编过一篇文章,内容已经记不清,只对标题《在天空下吃饭》印象颇深。那些三人一桌、五人一桌的,说是吃大排档,实则也是在天空下吃饭。路灯昏黄,树木静默,若再有点微风,叶子沙沙作响,人不多时能一边听叶子跳舞,一边饮酒望月。

不过,人怎么会不多呢。无论什么时候路过,不必看日历,单看这街边是否摆了桌,就能知道夏日是否已近。

更何况如今夏日正盛,烤串砂锅面食米饭涮锅,真是应有尽有。啤酒自是不会少,男人们赤着膊,三五人一桌,喝得酣畅淋漓。也有居住在附近的一家三口或家里来了远房客人的,还不乏路过此处受不住美食或热闹诱惑之人,哪里还管路过的车子是否扬起了灰尘,哪里还管树上飘着的叶絮是否沾了碗筷,这些人,只想

第二章 世界美如斯

在劳累了一天后,停下来,热热闹闹地吃一顿饭,饮几口酒。

我鲜少去,尽管家距街角也仅几分钟路程。一是晚上极少在外吃饭,二是常常穿着裙子和高跟鞋,总觉与这份俗世热闹格格不入。最起码也应该穿着平底鞋短裤T恤,只当是散了个步,顺道坐上一小会儿吃两个串串停上片刻起身就走。

世间的烦恼,皆是自己想得太多了。吃个饭而已。

青春时,哥哥的朋友、网友常来寻他,也没什么事,就是吃吃街边摊儿。我偶尔也被叫去。有一晚我们在某家餐馆的二楼天台,串串刚上,天边闪电道道,雷声阵阵,眼看这夏雨说来就来,我们却不急,照旧是吃着喝着聊着……

有什么可聊的呢?如果知道青春时期的朋友多是人生过客,还愿意把时间这样大把大把地花费在彼此身上吗?小雨滴点点落在脸上,天台上本就不多的几桌慌忙撤去,只留我们几个。

雨停停落落,落落停停,直到大雨砸下,我们依旧不愿将话题中断,餐馆老板实在看不过去,拿了把巨大的遮阳伞将雨帘挡住……

夏日的雨好比我们人生当中经历过的某一场爱情,不知什么缘由,说来就来了,也不知什么缘由,说走就走了。雨停后,伞撤去,继续啸歌不尽,我们吃了这一顿不到百元的饭,却在这天气的配合下轰轰烈烈了大半个夏夜。

不如随心去生活

后来哥哥的朋友越来越少，留下的极少几个成了家之后只是偶尔联系，各有各的生活，不是不能打扰，是没什么事可打扰，不像青春时候，所有的时间都是用来浪费的。

过来人都说，包括现在的我也认为，所谓青春，就应该是用来奋斗的。但往往身在青春时，却浪费了大把大把的时光。时常哀叹着想，若是重来，青春不该如此度过，这样后来的人生就会有更多的可能。

前两年生了一场大病的哥哥，病愈后越发在饮食上克制起来，街边的大排档自是不能去吃的。即使勉强能吃一点，餐桌对面应该也是没有人相陪了吧。本就不多的几个朋友，还有谁会忍受漫长的堵车来陪一个不十分重要的人吃街边摊？即使来赴约，相聊的也应是无味的话题：你家儿子、我家女儿、年迈双亲、工作压力……

这样想着，还真是在再一次路过街角时停了下来看了那么一会儿，不看还好，看了顿时觉得，我身处俗世，热闹是他们的，失落是自己的。嗯，他们吃个街边摊儿，都能让人生出羡慕之心。

忘了是谁在星级饭店请客，我们赴宴，围坐在装潢考究的包间，男人们饮的是高档白酒。推杯换盏之后，散场去拦出租车，遇到热闹的街边摊儿，同行的人说：真是不知不觉中就老了啊，

第二章 世界美如斯

很久很久没在路边吃过大排档了，想想那些年几乎夜夜不醉不归，喝的都是几块钱一瓶的啤酒，一要就是几十瓶……

我几乎滴酒不沾，这样随了俗世热闹吃大排档终是无味的。前几日，我带娃娃回家路过街角，看路灯散发着橘色光芒，微风轻轻吹，叶子沙沙响，他们热闹他们的，一无人方桌像受了冷落，散发着孤寂的气息，加上自个儿饥肠辘辘，我便带娃娃落座，点了砂锅和串串。旁侧两桌甚是热闹，转头去看，近十人，男男女女，叽叽喳喳，看上去也就是二十多岁的样子，碰杯啤酒都清脆得像唱歌……

砂锅端上来，服务生分外热情，附赠免费果蔬汤。坐的是小矮椅，我那日恰穿的是旗袍，想要一个看上去安全又美妙的坐姿都难，尽管如此，尽管屋里也有空位，却还是偏要坐在屋外街边儿，一为不负这热闹俗世，二是要像文章里写的那样在天空下吃饭。

不巧的是，又落了雨，没有闪电，没有雷声，忽然地，起初是一滴滴的小雨，娃娃央我移步到屋里，我说加了小雨的味道也是不错呢。他不解，问我小雨有什么味道。我说小雨的味道嘛，就是天空的味道。话音刚落，大雨就啪啪地来人间报到，就餐的人也不怪雨，纷纷连说带笑连桌带椅地移步屋里继续吃继续聊……

什么都在变化，唯夏雨不变，还是和多年前一样说来就来说走就走。刚刚还在想着这大雨不停该如何回家，半顿饭吃下去，

• 不如随心去生活

雨就像识了我的心似的知趣地收了脚。看着就餐的人们纷纷连说带笑连桌带椅地移步街边继续消磨这一场夏夜，吃得饱饱的我一边牵着娃娃的手回家，一边深呼吸，使劲嗅了嗅下雨后的清新空气，说——

嗯，每天晚上能看到这样俗世的热闹，感觉我们住在这样的街边，可真是幸福呢。

第二章　世界美如斯

我把夏天和爱意装在杯子里

买了一个杯子。淡淡的绿,一侧开着白色的花朵。杯盖是白色的,嵌着淡绿色花朵,边缘处有小口,小勺子可以完好地嵌进去。勺子与杯身上的花朵都是朵朵绽放。每天只喝清水,便觉得把一整个夏天的花朵都喝进了身体里去。

在小店里,一眼看中了它。并不缺杯子。还是买了回来。没有理由,就是喜欢。有浅粉、天空蓝,最终选择了淡绿。夏天阳光毒辣,在我心里,它应该是清爽的感觉、淡绿的颜色。

都说字如其人。其实,杯也如其人。只看杯子,便能看出用杯之人的身材、爱好、习性。我用杯不管太多,只凭自己喜欢。即使如此,杯子一溜排开,若你了解我,也能在其中猜出一二。

那时不知杯子不能乱送,选了杯子送他。

送礼物最是花费心思,尤其送心仪的人。怕昂贵了他怪,便宜了他嫌,不合心意了又不用,浪费财力不说,最怕一腔心思无处投递。想着杯子放在他桌上，一看到就会想起我。我送给他时，只说没什么好送，选了杯子给你，平时多喝水。

他收了下来。但是，如果说人间最痛恨是你精心准备的礼物对方却不收，那么最遗憾不过是对方收下了你的礼物却从来不用。

我若心里有他，他送我首饰，我便天天戴它；他送我鲜花，我便天天看它；他送我宠物，我便天天养它。

爱情除了相爱的两个人，还需要物证。

很长一段时间，我从来没有见他使用过我精心为他挑选的杯子。其实，他怎么不懂我心意，而又有谁不知道呢——送杯子，就是送一辈子。

只要爱，世间所有花语杯语甜言蜜语都会懂得。不懂，分明就是不爱嘛。

话说回来，再爱，杯子再好看，喝进去的水是苦是甜是酸是涩也只有自己知道，要不然从哪里来的"如人饮水，冷暖自知"？所以，外在的皆是形式，自己的感受才最重要。一个杯子而已。

第二章 世界美如斯

念秋

这个秋天已要落幕,我还不曾去看过它的美。

整个城市每天都在拆迁、修路,尘烟四起,不要说开车,连步行都得小心翼翼才可,哪里有闲抬头望秋;因为一个人病危到随时都有可能在这个秋天离世,我随时都有要前往去送别的可能,所以整个秋天似乎都沉浸在阴郁的氛围里。

有人在周末去郊外看秋,发来信息:天蓝水清,秋原来就在近处,如你。

办公桌上的绿萝原本长势喜人,突然黄了叶,有热心的同事要把黄叶去掉,我说:不用,秋天了,让它长成它应该长成的样子就好。

喜欢的歌手收到了我的手写信,她说:我收到了你手写的这封信。这封信是你写给我的,只有我可以在这个夜里打开它。你说人多了,就会有不一样的声音。但你相信我,说内心明亮

• 不如随心去生活

的人，会有足够的智慧去应对。你说某日，有一片梧桐叶落在你车篮里，于是也夹在信里一起给了我。我打开时，知道这是你的秋天，也是我的。

早上送小少年上学，小少年忽然想起了一件很重要的事：美术老师让带一片落叶到课堂上作画。我们停下脚步，特意在永远交通堵塞的马路上认真看了看，哪里还有落叶的影子，即便有，也早被车辆碾碎了心。

我在秋天出版了一本以书信为主的小书——《我已亭亭，无忧亦无惧》，开篇即是引用的一首诗，只因诗人写：

> 为什么没有人给我写信
> 写一封这样的信：
> 信里说法国式的接吻
> 说春天 小城 和溪水
> 说亲爱的 亲爱的
> 说"秋天很美 很美
> 旅途有一点点儿
> 旧信封才知道的疲惫"
> 说我喜欢你这样的人
> 说出许多质问和省略号

第二章 世界美如斯

说:"祝好 某某

某城 某年某月日"

你说秋天很美很美……能否告诉我你的秋天,让我甘愿住在你的美里……

我为这本小书写的宣传语是:我用整个秋天等你够不够?

收到很多的信,来自远方,他们写阅读这本小书的感受,也写他们的秋天给我。

我说,你们寄来的秋天和阳光,我都收到了,这是你们的秋天,我看到了,我想也是我的秋天——

又一季的桂花开了,我现在还记得去年秋天给你寄了第一封信,里面装了来自我这里的芬芳。幸好,你收到了。

校园小树林里的枫叶红了,银杏黄了,还有鸽子在树林中穿过。

秋天有满城的芙蓉花。

校园里高大的悬铃木开始生出一只只金黄色的蝴蝶,背景是湛蓝色的天空幕布。而我牵着他的手走过起风的梧桐大道,他说秋凉了,记得多穿点别感冒,然后把我的手紧紧地包裹。俺不是来秀恩爱的，但是这确实是我这里最美的秋天了。

高三党的四季似乎没有那么重要。男神不再打篮球，女生们不再叽叽喳喳谈明星八卦，而我也只是在跑过林荫道时看见一地落叶才知道，秋来了。

在学校，桂花在整个校园蔓延……在梦里，枫树林正火红。

我的秋天，它让我知道了一个人也可以很暖，它让我懂得了不该过于依赖有水有光的夏天，它让我明白了接受时光的改变。这个秋天没有他，但每天，仍旧美好，甚至更灿烂！一阵风吹过，我不禁停下赶路的脚，遮掩迷了沙的眼，等风驻了，睁开眼，一片红透了的枫叶，正落在了脚边。时间刚刚好，一切都那么恰巧。

我的秋天沉浸在学校桂花的香气里，闭上眼让脸迎着阳光，我就想这样到地久天长。

想活在你的秋天里，等待夜空的降临、黎明的升起……

整个秋天的美都浸泡在对郑州的向往里。满树桂花香，月圆归家切，一树无花果，同与小儿乐。这是

第二章　世界美如斯

我在秋天里遇到的美，分享给你。

　　我愿意你成为我秋天最美的风景。

　　……

哪天天气晴好，我去看秋，这样回来也可以给你讲：
秋天很美，很美……

• 不如随心去生活

把日子过成想要的模样

夏天多云。

有时正走着,偶一抬头,会被天空中的云惊艳到。

云,好比爱美的女子,每次见,装扮都不一样,但给人的感觉是一样的——真美!

夏日少风景,唯云过目不忘。今年因为身体原因难得休假,多有闲在屋里走动,除了眼前树木茂密的叶,最多便是远处的云。云说远也不远,说近也不近。远吧,它近到像是一个老朋友,停在那里与我对视,好像有着说不尽的悄悄话;近吧,它又远到我非但触摸不到,而且只一低首一闭眼的工夫,它就转瞬消失不见。

文字里多有云,照片里也多是云。就连家里的小朋友也在我忙碌的时候大声并急切地喊:妈妈,妈妈,快来看啊!云好漂亮啊!快点儿啊,再不来就没有了。我跑过去,看到他站立在窗前,看看云,看看我,眼神急切到像是若能够,便会紧紧地抓住云:

第二章 世界美如斯

求你，不要走，妈妈还没看到呢！

黄昏的云最迷人。那是落日写给天空的情书，诗行一般的美丽，看一眼，真美！再看一眼，不由得感伤点点。马上就再也看不到了吧，天光将暗，如诗里所写：一天很短，短得来不及拥抱清晨，就已经手握黄昏。

短的不只是一天。这首俄罗斯小诗的下半部分写道：

一年很短，短得来不及细品初春殷红窦绿，就要打点素裹秋霜。

小诗的名字叫《短》。短的，是一天，是一年，也是一生。短的是誓言。短的是相聚。短的是各种来不及。

来不及的事太多太多。夏日未至时列了种种计划，以为会是长夏，殊不知也短到有很多来不及。就如同夏天的衣裙还没备齐，秋装就已经上市；青春还没有留意，小半生都已经要过去。

七月走到尾声，八月即将报到。要立秋了。还好，秋天也会有云。

谢谢你来这里，与我相互陪伴又共同度过了一季。如你初来，我对你说过的话："亲爱的，欢迎你来。仔细想想，似乎也没有什么惊天动地的事要告诉你，只想与你分享三月春风五月微雨，还有六月七月八月直到十二月心上落着的许多雪……我已从春到夏,等了你这么久!还好,从此刻开始不再错过。让我们从心开始,把日子过成想要的模样。"

　　从春到夏,我在看云。我在记取美丽。我在把日子过成想要的模样。相信你也与我一样,不然你怎么会记得拍下小朵的云发给我。我知道,你是在用这张照片告诉我:因为你,我在忙碌的间隙,也学会了看云,也试着记取美丽,也努力把日子过成想要的模样……

第二章　世界美如斯

给书店以生命，给生命以书

用一整个下午的时间低头看书，在一家独立书店。

潺潺溪水声，如借山而居。只是这山多书，多绿色的植物，看书的人零星散落，不是人少，是落脚的地方多，不管有没有椅凳，四下均随处可栖。

内心欢喜到不行，庆幸自己穿了平底鞋，走起路来如猫咪轻到无声，否则不知该如何踮起脚尖，如何小心翼翼。

在书架前流连，抽出一本，翻几页，又放进去；再抽出一本，翻几页，再放进去。每一本都想看，又觉时间不够。

诗歌是要读的，从古到今，从国内到国外，连着读了好几本，坐在那里，除到书架前换书，头也不抬，一首首地默读在心，一句句地抄写到本上。

身边有人，谁也不被谁打扰，对面剥橙的女孩指尖轻柔，若不是闻到果实的清香，近乎听不到除翻书之外的任何杂音。

• **不如随心去生活**

手机定不是像先前那样看一眼再看一眼的,这个下午,没有什么重要的事能胜过专心阅读。

许是温度刚刚好,脸红了,手暖了,心静了,原来我们常常在无谓的小事上浪费时间或在意他人的闲言碎语,是因为我们所处的世界太过嘈杂与浮华。专注阅读时,眼里只有书,无关其他。

密友也不必相随,只独自前往便好,因为阅读本身就是一件十分私人的事情。当然并不孤独,每阅读一本书,便是与一个作者在进行心的对话,他讲一日一花,也讲一日一果,她讲山居岁月,也讲美物抵心,每一个作者,每一本书,每一行字句,都蕴有深切心意。有人读到忍俊不禁,有人读到伏案小憩,有人写写画画,有人窃窃私语,总之,做什么都行,没人来问询"请问喝点什么",也没人提醒"你的阅读时间已经超限"。

一身墨装的店员来浇花,看他的背影,觉得分外俊朗。如果可以,也来做一店员,收银也好,照料绿植也好,煮咖啡也好,整理书籍也好,做什么都好。如此想时,禁不住看到没有归位的书也会帮它找到同类,也会弯腰捡起桌下谁人不小心掉落的书签,看呵,喜欢就是愿意主动为它付出,哪怕一点,哪怕一滴。

小心轻放了光阴,在这里。在这里,书是打开的,自由的,舒展的,如同人在这里。在这里,书是被呵护的,每本都被包上了专属书皮,书皮是透明的,轻柔的,保护着书又不影响阅读,上面写:

第二章　世界美如斯

亲爱的朋友，请您轻翻书页，阅毕请书归原处，让我们共享悦读！

一本书如此被珍视，作者的心也觉被敬重了。私想将来一定要出一本可人的书，放在这里，受人呵护，等人开启。

春日处处好，也有不好的。旁边落座一红衣女孩，一本书未拿，只戴耳麦盯手机看综艺节目，看得乐不可支，旁若无人。真想在读到好句时同她分享，让她知道同样的时间用来做不同的事情，收获也是不一样的。

一个小时过去了，两个小时过去了，三个小时过去了，四个小时过去了，不知道坐着的这些人还是不是我进来时的那些人，但是与不是又有什么呢？我只知道我对这里心存眷恋，缘于它给予的那份难得的静谧时光和专注之心，无关其他。

从书店出来，天色已晚，乘出租车回家，上车时，司机师傅问我坐这么远的车来这里做什么。我说，看书。他回过头认真地看了我一眼，说："看书对我来说已经是很遥远的事情了。"

很遥远的事情有很多。我看到动情的诗句时，给一个写诗的朋友发短信：你还好吗？在一个安静的书店读诗歌，想起你曾经也将一颗心安放在诗歌里……朋友回复：在哪家书店？下次与你一起去找找我自己。

我想了想，低头看了看刚刚抄写在本上的诗句，用来回复朋友："这好意／我不敢挥霍／我希望下一个春天照到我／还原这相遇的美意。纸的时代，不见不散。"

· 不如随心去生活

走吧，去看看春天

走吧，去看看春天。

走吧，去看看花开。

跑很远的路，坐一个多小时的公交，只为看一看春天，看一看花开。

是来早了吗？还是我对春天过于期盼，园子里的花树，一株一株，骄矜地站立在那里，不走近看，连花苞都小小的，像是遇到不喜的男子时故意裹紧身体的女子，一点都不愿意迎合和讨好这个世界及前来围观的人们。

路过的人说，来早了呢，下周末来，花应该开得刚刚好。

也有盛开极好的，玉兰花一朵一朵，有一种简洁的白，一点儿也不含蓄，就那样绽放在枝头，毫不保留地向世界宣告：看，我多美！

择一株玉兰树，铺了毯小憩，吃抹茶蛋卷，一个梨你一口我

第二章　世界美如斯

一口地吃,喝冰糖水,说一会儿话。风轻轻微微,花瓣一定恋上了哪阵风,跟着它告别枝头,不声不响地落在了草地上,沾在了衣襟上。

也没有什么遗憾,从前一晚就在声声说:明天,明天去看花开,去看春天吧。仅这种期待,已经满了心。

走一处,歇一处,没有目的,草地,树下,石头,长椅,随处可栖。刚一坐下,正午的阳光暖得恰到好处,头稍歪一歪,眼睛稍闭一闭,就不由得打了个盹儿,小朋友的欢笑声,行人的说话声,远处给小草们浇水的哗哗声,不一会儿工夫,就分不清是在梦里,还是真的正在眼前。

醒来,也不着急走,更没什么急着要做的,今天最重要的事,就是无所事事地坐在这里,晒晒太阳,闻闻花香。走的时候,还要弯腰捡拾几片花瓣,放在口袋里,这样,回家的一路,公交车拥挤,路途也尚远,不过,想一想口袋里装着的是春天,把时间花费在这样的一天和这样的一路,就感到是值得的。

• 不如随心去生活

总有一件衣服和你有缘

"我穿着你去年送我的裙子,来看今年的花朵。"

这样对你说时,我拍了照片,发给你看。

是去年夏天,你寄来包裹,你说买的时候就想象过我穿上它的样子。

也是有一年夏天,你去远行,途中遇到蓝底白花盘扣上衣,迢迢寄给我,你说:第一眼看见它,就感觉你会喜欢。

你寄来的长裙,我去年一直未穿,今年入夏翻找衣服,看到它,想起去年夏天拆开包裹时的刹那惊喜。想今年哪日游玩要穿上它,才不辜负你的夏日情长。

是怎样的情深,才能让你为一个从未谋面只在文字里见过的女子寄送衣服呢?要合她的身,要与她风格适宜,要让她有心把它长时间地挂在衣柜里……你说你说,要花费多少心思才能做到这些呢?

第二章 世界美如斯

这一条裙子，我昨天穿着它，在烈阳下疾走在浓荫下小坐在湖边戏水在果树下采果，同去的人夸它好看，我说，这是我的读者送我的。没有骄傲，没有炫耀，只像讲一个她和我都熟识已久的人一样。

某年冬天我去看南方的海，穿着蓝底白花上衣，配了白色长裙，在海边的斑驳钢琴前作弹琴状留了影，两条麻花辫搭在肩头，手指轻触琴键，颔首而笑。我把照片放在杂志上，有人专门来信说：你就应该穿这样的衣服。

该穿什么样的衣服呢？随着年龄、身份、职位改变，穿衣风格都会发生改变。买再多的衣服，平日里常穿的也就那几件，甚至换季时把衣服翻找出来，连自己都惊讶，怎么会有那么多衣服，怎么去年的这个季节我穿过这样的衣服……

可又不舍得丢弃，每件衣服上都写着自己的故事，一件是和他在五月初相见时穿过的，一件是穿着它去过自己最想去的地方的，一件是心仪的人夸赞过我穿上它很好看的，一件是……一件干脆就是我喜欢它的领子、它的衣袖、它的口袋、它的……喜欢一个人是没有理由的，但喜欢一件衣服一定是有原因的。

有次要出席一个重要场合，我搭配了几套衣服，拍了照片发给要好的朋友同事央她们选，我喜欢的一套没有一个人选，但我最终还是穿了它。自己真正喜欢的，穿上它才会从内到外都散发着欢喜的光芒。

你寄来的衣裙,我未必喜欢,但我会穿它。

我穿过的衣裙,未必昂贵,我只穿——喜欢的衣服,有故事的衣服,有情意的衣服。

每天穿什么衣服,未必有人会在意,但我要求自己每天必须穿得漂漂亮亮——上班、约会、见人、招待……如果有人认为我穿得不漂亮,我完全不会介意,因为不是每个人都会懂得这份喜欢、故事和情意。

当然如果周末在家、上街买菜、去看父母,我不会穿上班、约会、见人、招待时穿的衣服,衣服是一种语言,在最亲近的人面前,不需要多余的语言,舒服就好。

第二章　世界美如斯

有说不完的话，才是十分美好

你不是一个话多的人。

但你不喜欢一家人一起吃饭时无人说话，不喜欢和同事或朋友双双出行时无人说话，这往往让你感觉到气氛的尴尬。

再亲密的人在一起，也是要有话说的。

顾城有诗：草在结它的种子，风在摇它的叶子，我们站着，不说话就十分美好。

不是没有过。只是，尘世过多喧扰，这样的"十分美好"本就不多。于是，在你心里，除却特定的时刻特定的人之外，大多数时候，草去结它的种子，风去摇它的叶子，我们站着，有说不完的话，才是十分美好。

所以，你想让气氛融洽，一家人吃饭时，说话多的是你；你想让交谈不冷场，和同事或朋友双双出行时，说话多的是你；你想让彼此分享和分担，与爱人在一起时，说话多的是你；你需要

• 不如随心去生活

交代的事多，工作中，说话多的是你；你想法较多，会议中，说话多的是你……

但当你发觉自己说的话多数都是废话时，或者你说话往往令人感到不耐烦时，你变得越来越沉默。

爱一个人，不就是在一起有说不完的话吗？

两个人在一起，令人愉悦的关系便是——相互照顾，有话可说。

若再有人问你"不知他是否真的爱自己"或"不知找一个什么样的伴侣才好"，你的答复是"看他是否愿意和你多说话"或"找一个觉得有话可说而对方又愿意和你说话的人"。

你相信，一定也有人和曾经的你一样——热恋时，你们共进晚餐，他看你，你看他；用餐完毕回家，他送你，你送他，一条未修好的路，连路名都没有，你们来来回回，你送他，他送你；直到月亮偏移，他宠溺地说："我们怎么就有说不完的话呢？"

你们还为这条路取了名字——月光路520号。

你相信，一定也有人和现在的你一样——多少年过去，在你和他相识的纪念日，你们共进晚餐，他看手机，你看他；你看手机，他看你。还是同样一条路，用餐完毕，一起回家，你们一前一后，不再亲密。回家，像之前的很多个晚上，你说他听，偶尔回应，但大多数时候，他默不作声，甚至表现出不耐烦。

这条路自修好之日就已经有了名字——但叫什么名字有什么

第二章　世界美如斯

重要的呢。

你只想和彼此了解的人在一起说说话，聊聊天，分享或分担。

你当晚早早睡下，有些话不说也罢，有些人不说也成。凌晨两时，你醒来，躺也不是，坐也不是，你下床，轻手轻脚地走一走，再坐下来看一看书，写一写日记。再看表，已是凌晨四时，两个小时的时间，你一直沉默做事，不言不语。

你回想过去，也不仅仅是他，工作中，你说过的那么多话，又有谁放进过心里或又有谁不曾表现出不耐烦。

于是，你在日记里叮咛自己：以后要让自己像凌晨两时至四时的两个小时一样，沉默做事，不言不语，时间也就如此静静流淌而过，于你而言，该得到的得到了，却什么也没失去。

当有一天相熟或不相熟的人问你为何现在不再多言语，你给出的回答是：不是我无话可说，是我渐渐习惯了沉默。

• 不如随心去生活

有人路过远方，回来告诉我幸福的模样

飞机飞过天空，常常在黄昏七八点。

夏日七八点，是黄昏。天空有看得见的云，也有看不见的风。远远地，风筝在空中和飞鸟寒暄之后，依恋着不肯走。

上一次坐飞机，已经是一年前的事了。一个人去远方，租了车子骑行在海边，路遇飞行员，相伴而行。到现在，依然会在他拍摄的照片里想一想远方——在驾驶舱里拍的天空，晴着的，雨着的，亮着的，暗着的。

他说，每次拍这些照片，都觉得天空和地球，很美很美。

每天慌张赶路，马不停蹄，照顾婴儿，会议不断，大小决策，脑中一根弦被上得紧了又紧。

十年前，从未想过今天的样子。

他们说，你的人生已经圆满，儿女双全，做着喜欢的事，爱着身边的人。

第二章　世界美如斯

我也有过无所适从，却从不肯一一讲出来。

只有一次，我在心里不停地问自己，究竟该何去何从。

一张从书里拍来的照片给了我答案，仅一句话：是绝路，也是出路。

如今回想，颇觉好笑。笑自己彼时的幼稚，尽管刚刚过去不久。

我们常常在回想时奇怪自己那时候怎么会那样做那样想，如果重来……如果重来，也未必会如自己所愿。只有，原谅自己的过去。把原来错误的自己放下，这样向前时才不会负累过重。

我想给十年后的自己写一封信，信的开头，我想写下：

亲爱的自己，这是一个下雨天……

下雨天，有好眠。

时有蝉声，雨意比暑意更浓。雨停停落落，落落停停。

今日黄昏七八点，依然会有飞机飞过天空。

只是因为有雨，少了我。

是的，一天中，唯有此时，我最为悠闲，在露台，不慌不忙，怀抱小女孩，大男孩的吉他声断断续续，空了的餐盘和洗好的水果还在桌上，赤膊的他有时蹲下来拔几株辣椒下的草叶，有时转过头来和我说话，或者什么也不说，只做着鬼脸，一点儿也不好看，却逗得怀里的小女孩笑得眯起了眼睛……

• 不如随心去生活

　　嗯，很幸福。此时此刻。

　　我常常将幸福二字挂在嘴边，也常常将幸福说出声来。因为我要让自己真切地去感受，让身边的人懂得珍惜。

　　哪怕异常忙碌的一天里，我仅仅在黄昏七八点有闲看一看天空，望一望飞机，想一想远方。

　　自由而从容的生活，任谁都爱。但是，如果不能，哪怕一点点自由，一丝丝从容，也要很爱很爱，并且要十分享受。

　　累到无力。

　　收到短信：累到想哭。

　　是他。刚刚坐飞机去了远方。

　　他什么都有了，财富，名誉，别墅，但依然"累到想哭"。

　　未必人人都追求财富、名誉，但是什么都拥有时依然在努力，这于我们太多人，岂止是一点点动力。

　　我走不动时，会停下来，哪怕一天。这一天，什么也不做，就只是——啊，雨来了，关窗户；雨停了，开窗户；天阴了，雨要来了；雨滴滴答答，听一会儿雨……

　　然后，在雨声中，在音乐声中，度一场好眠。梦中，轻盈的自己化为一只蜻蜓，憩在一角荷叶上，沉默着欢喜。

第二章　世界美如斯

再见北京

去过的城市很多，烙在心上的会有几个？

北京是其中之一。

一整天，都沉浸在表格、数字、账务中，忽然听到身边的人明天要去北京，顿时像是听到了火车的汽笛声遥遥地传来，于是转了椅子，对窗而望，怔怔片刻。

村上春树写过的少男少女，其中有一女孩问少年："你怎么样地喜欢我？"

少年想了想，声音低沉地回答说："就像喜欢夜半的汽笛声一样。"

对北京，没有太爱，只是总感觉把某个时刻的自己留在了那里。

除却少年时的向往，更多记得的是在北京，某个冬夜在路灯下的独自徘徊，某个夏天下午空调房里的十足冷气，某次地铁站

• **不如随心去生活**

台的翘首而望,某人隐约的一晃而过的面孔……我在午夜一个人跑去看天安门,买了老冰棍儿,身在陌生的午夜城,却不觉得陌生或畏怯,还笑笑地帮一群风一样的少男少女拍照,他们摆各种各样的pose,每一次快门按下,都听到他们声音极其一致地说:我爱北京天安门。

我也爱北京天安门。每一次去北京,都想去看看它。带父母在凌晨看过升旗仪式。与某人相约了去看天安门上空的晚霞。一个人在午夜的天安门散步,倚在栏杆上戴着耳机听:晚安北京,晚安所有孤独的人们……

然后,他担心我走丢,赶远路来寻我。

北京城这么大,我这么小。

我们沿着一条不记得名字的胡同步行了很远很远才拦到回住处的车子。

我心存歉疚。

他望了望头顶的月亮,说,我应该谢谢你才对,我已经很久很久没有抬头看过月亮了。

那夜的月,很亮,很亮。一直到现在,我仍旧记得,告别时,我们一起抬头望了那轮月亮好大一会儿。他说,很想记住它的样子,记住这个时刻。

这些个时刻,若都要记录,是不是用尽整个本子整支笔都记

第二章 世界美如斯

录不完呢?

有次翻日记本,看到两年前的开篇记录一段:

每年去北京都会见你。想及有一年,我们约好了在地铁口见面,我早到些,发了短信给你:我戴了草莓帽。那年冬天,我新添了草莓帽,红色的圆,绿色的边,顶上还有一个圆球球。还添了一件兔绒毛外套,帽子上两只长耳朵,背后带一个略大绒绒球,还有一条草莓短裙。这三样搭配着穿,尤为鲜艳可爱。那年冬天所有事都忘记了,只记得这身衣服和我戴着草莓帽在地铁口等你。也就两年吧,现在再让我穿戴成这样去见你,怕是不能了吧。好像一晃过去很多年。

看着明明是自己所记却生疏的字,想这时光无声流逝,当年认为每次都要相见的人,也都渐渐远去了;穿过的衣,无论当年再中意它再想穿着它去喜欢的地方,也都在后来慢慢不见;哪怕是一起看过月亮的人,也只是在某个夜空月正圆时,想起写一条"别忘记抬头看一看月亮"的短信,编好却又删去……存在的,依然只有北京,还有有关北京的那份记忆。

村上春树写过的故事是这样结尾的:

少女又默默地点头。

少年停顿一下又说:"但是这时我听到远远的地方

• 不如随心去生活

有汽笛声。那真是很远的地方的汽笛声。铁路到底在那里我都不知道，可见多么的远。微微的声音似乎听见了，又似乎听不见。但我知道那是火车的汽笛声。没错。我在黑暗里静静地谛听着。于是我再一次听到了那汽笛声。而我的心脏不痛了，时钟的针开始动了，铁箱子慢慢浮上海面。这都是由于那小汽笛声，由于那又像听见又像听不见的微微汽笛声。就像对那汽笛声一样我爱你。"

我爱你。我不敢说。

我爱北京天安门。说的人又太多。

我只能说：我爱留在北京的某个自己，某个时刻，还有独一无二的某段记忆。

驶往北京的那列火车，在夜半的汽笛声中，像是一声声地，读懂了我似的来回应我……

第二章　世界美如斯

我只想走了许久回头看一看

清明，听上去像是一个人的名字。

清明，故园的草木总是比城里的颜色要浅上一些。

清明，我回到了故园。很多个地方，离开后就不曾想着还会再回来；很多个人，告别后就不曾想着还会再见面。但故园不同。

故园就是故园，我们的根留在那里。

尽管故园的老人去世了，小孩长大了，碰面的人也多是隐约有记忆，却想不起来该怎么称呼。

这是我少时生活的院落。这是我上学时路过的桥。这是我……还有什么呢？好像也没有什么了，一切都在记忆里，所有都发生了改变。

赤名莉香对永尾完治说："好想去你小时候生活过的地方看一看啊！"

也有人对我这样说过。可是，如果我带他来，我该如何给他

• **不如随心去生活**

——讲述。

只有大片的麦田,我从小长到大,它不管不顾地绿着,我想过要不要穿白衫或红裙,站在麦田里拍一张春天的照片。但回故园前一晚,在衣柜前站了许久,比参加晚宴还要慎重,最终选了运动鞋牛仔裤,我不需要荣归故里,我只想走了许久回头看一看……

也给自己拍了一张照片——我站在小学五年级的讲台上,用粉笔在黑板上写下:同学们,要好好学习。落款为:毕业生。

拆了一半的小学教室,快要被新建的教学楼代替,下次再回来,我坐过的教室我植过的白杨也都不见了吧。

什么都不见了……

那下一次我回来,清明,我不再只为缅怀我已被埋葬的亲人,还为缅怀我少年时最童真的岁月。

第二章　世界美如斯

下次再见，不知何年月

外出。回来。

见了很多人，面孔生疏，名字不详，只握手，只说你好。

途中的杨絮，如满天飞舞的四月雪。往那儿短暂一停，发间衣襟都落了絮。

有要事在身，可还是宁愿将车子停在那里，看夕阳怎样落入湖中，看杨絮在空中漫天飞舞，看河水在麦田欢快流淌，看乡间小镇古旧脱漆的招牌……一顿有味有聊的晚间三人餐，一夜绮梦纷乱的小憩。

他说，有些地方这辈子也就来这样一回；她说，这样味道的鱼这辈子也只吃这一次。

我说，我从来没有想过我会来这个地方，今天我来了，那条橱窗里的花裙子等在那里，我路过只一眼便已爱上，所以我要带它回家，在某个清晨穿上它，把四月和途中的风和日丽一并穿上。

- **不如随心去生活**

多少人初遇见即别离,多少人见面微笑刚一转身便彼此删除。我只是他们见过的一个,他们也只是我路过的一处,再远的旅途,那头,连着远方,这头,连着回家的路。其间擦肩而过的,我只当一个短梦,不必醒来,翻翻身即可忘却。

下次再见,不知何年月。

第二章　世界美如斯

今夜，借月光为笺

中秋夜，小团圆。写字前特意去望月，它不够皎洁，独自在那里，仿佛有着隐秘的情思。

电视里晚会正欢，少有人关注。唯一首歌牵引我思绪：白月光，心里某个地方，那么亮，却那么冰凉。

有一年在异乡，夜，走在小巷，不经意抬头，眼里心里都是白月光。

借月光为笺，发短信给一个人，信中说——

月夜，想与你分享一则张曼娟的小文：

> 决定写信给你，在有着这样好的月色的夜晚。但，应该选择怎样的词句与文字？我们之间的情感含蓄又隐秘，还有着不能言说的幽思。
>
> 今夜，借月光为笺。

不如随心去生活

用河流剪裁，以山岳分段，一座又一座城市，便是断句了。

我没有才思，有的仅是情意。

不能封缄，无法投递，我的坦白与真诚，全然摊展，不再掩蔽。

迟眠的人都见到，似缎光华，如霜美丽。

……

总有一首歌会击中你。总有一个夜让你觉得月色很美。当然，也总有一个人仿若白月光，于你心里的某个地方，那么亮，却那么冰凉……

歌里唱：你是我不能言说的伤，想遗忘，又忍不住回想。

如果此刻你心里恰好有这样一个人，不如借月光为笺，已经说了，迟眠的人会见到。

第二章　世界美如斯

我想和你一起生活在这里

我没想着去过的地方还要去第二趟。但这一次，我又来了。

犹记那年清晨，我穿过果园，有个声音说：我想和你一起生活在这里。

这一次，得知第二天要去看满园的果树，晚上做梦就在去的路上了。

也只是间隔两三年吧，再去，路途陌生，方向无感，只记得有满树的青果，我穿着青色的裙子，仰首看一枚青果的瞬间被同去的人抓拍，放在了一期杂志的封底。相熟的人打趣，那照片能让人想起初恋的样子。

我如今再来这里，住在一所庭院里，院里有小木屋、树木、青草、石径、温泉小池，以为唯独缺了花，坐在屋檐下听雨时，转头望去，才看到邻家院里的紫槐开着细碎的花朵，试探着要伸枝过来。

雨未至时，我洗了红裙挂在枝丫间，看它随风摇曳着，想象

不如随心去生活

次日天晴后我穿着它行走在满是青果的林间，会不会如一枚先一步熟了的果实那么惹人眼。

最先要去的是那年去过的果园，一枚枚青果在枝头不慌不忙地往成熟的路上走着。是的，它们不如花朵，不管是红的还是白的，也不管是大朵还是小朵，绽放时都是骄傲到无理的样子。人们都说要去赏花，很少有人说要特意去看果。花开了，远远的，我们都会称赞它开得漂亮，却鲜有人说果生得美丽。

如此，我静默地从果园穿梭而过，下午，黄昏，清晨，我无法清查一棵棵树和一枚枚果的数量，但是这个冷落到快要被荒弃的果园，我如此恋它，是因为记忆里有那一年的林间穿梭。

真的，我特意在除了鸟鸣整个世界还在沉睡时，起床到果园里散了个小小的步。因昨夜大雨滂沱，晨起空气清冽，我双手插进红裙的口袋，在林间与青果对视，久了，足可以从绿叶上的露水里，模糊地看到我隔夜的倦容。又有什么呢，我心里有它，它也不会嫌弃我。这么久了，早该来再看一看它。

散步回来，站在庭院前拍照，手机调了静音，怕相机的喀嚓声惊扰了这一刻的安宁。

推门而入，赤脚走在木地板上，像猫咪一样不发出声响。微风轻轻过，白色的窗帘随风而起。昨夜入睡，特意不拉窗帘，这样的好景致，即使熟睡也不舍得在梦里遗忘。

第二章　世界美如斯

窗外的溪水潺潺流淌，竹影映了窗，想起前一天下午，我坐在屋檐下看信，也没看天气预报，却像坐在那里就是为了等一场雨，看着看着，有雨滴湿了信纸，用手去接，果真触到了沁凉。于是，撑了伞，想看看果园雨时的样子。

多次走过林间小径，就以为到了尽头，这一次，转一转头，却看到了颗颗草莓伏在碧叶间泥土上，等着我去采摘。我随手摘了一颗，洗也不洗，放进嘴里，嗯，从未有过的甜。自此，爱上草莓。

准确地说，是爱上果实的甜，和果实的那一番等待——它从青涩到成熟，历经多少日光与风雨，多少孤寂与无望，但是，它最终总是以饱满的样子完成自己的一生。

这两三年，我和果园一样，历经日光与风雨，孤寂与无望，但是我从未放弃过让自己的日子成长为饱满的样子。所以泡温泉与否不是重要的事，我之所以来，是我很想在果园里走上一走，和它们说一些只有我们彼此听得懂的言语。

不知它是否知道，人世间有一种感情，哪怕天天见面，但再见仍然像跋涉了许久，看到对方后只一句"你好"便已在心里泪流成河。

所有的都不重要了，是我回来了。

并且，在庭院里、果树下、溪水边、草莓前、石径上，我都默默地在心里念诵过一首我们曾经一起读过的诗：

不如随心去生活

我想和你一起生活在这里
四周是水,没有一条路通向外界——
我们有自己的岛,自己的房子,自己的树林
我们有自己的路,每一条路的终点和起点
——都通向我们
我们的厨房有一直冒着烟的烟囱
有时冒白烟,有时冒青烟
就像我们脸上一直挂着的笑——有时深,有时浅
我们可以不读一个字,不点一盏灯
我们在夜里看星星,或者,在床上听雨声
我们开垦,在秋天收干净地里的庄稼
在冬天烧荒,在春天和夏天种植
我们养鸡,养鸭,也养鱼。累了就坐在水边
看水鸟在树上唱歌,在水里游,在天上飞……
我想和你一起生活在这里
不是一天一夜,不是两天两夜,是
一年,又一年
我想和你一起生活在这里。而你早已离去。或许
——你从未到来

第二章　世界美如斯

为何梦见他

常常做梦。梦见不好的事,不知如何是好。醒来,发现自己还躺在床上,一切如常,庆幸是梦。想必梦里出现的人和事,是在提醒自己要对当下懂得感激。如此想来,也不觉得梦境有什么可憎的了。

早年喜欢过一首老歌,也跟着学唱过:为何梦见他……

为何梦见他?如果所有疑惑都有了答案,如果所有未知都成了已知,那也未必是件有意思的事。

听一人说,他从来没做过梦,好奇梦是什么样子。

我想,从不做梦的他倒头即睡,一夜好眠,早晨醒来,立即穿衣开始新的一天,连个回味都没有,也是一种人生空白吧。

好的梦,极少做,最多也是梦见了想见的人。有时也奇怪,明明没有想见这人,心里也没有想着他,一晃无数个日夜过去,都记不清他的样子了,他居然还出现在梦里。大半夜迟迟不走,

• 不如随心去生活

像演绎一个故事一样，有头有尾。即使翻个身醒来，还要努力回神想把断了的梦连接上，就是想知道在现实中未说的话他会不会在梦里娓娓道来。

说什么都不重要了，可还是想知道，还是在醒来后恍惚了一会儿。

有的人就是特殊，在梦里一句话不说，就能告诉做梦的人醒来该怎么做。

当年暗恋一电台男主播，送他什么都不稀奇，也知道没有未来，在飞蛾扑火之后也自我泼洒冷水，但若喜欢一个人能够说收就收，那世间还哪里来那么多爱情故事。

直到做了一个梦，梦见男主播来我居住的地方寻我，需走过一条满是泥泞的长巷，我住长巷尽头，要多破败就有多破败。应该还不止这些吧，反正是男主播满眼都是鄙视，醒来后发现泪水已浸湿了枕头。从此，极为干脆地和男主播断去了所有联系。

已经很多年都没有再梦见过他了。当年心心念念的人，现在连面目都模糊了。前些日子，忽在微博留言里看到他，寻着踪迹去看他微博，知他正在国外旅行，一切都好。

这个早已经与我无关的人，看到他一切都好，我还是在心里给了他一个比别人更大的祝福。

我以为我会再次梦到他。但是，再也没有。

第二章　世界美如斯

有些人，即使努力想要进入我们的梦中，也再无法入梦了。

当然，我们更是无法预料自己会在何时何地入了他人的梦。

听又一人说：我梦见你，穿着红风衣，走在雪地中，笑着笑着就走远了。

是有一年，我穿着红风衣，走在雪地中。但笑着笑着走远的，不是我，是青春。

• 不如随心去生活

今夕何夕，见此邂逅

买了一盒"邂逅"。很久了，迟迟未打开。

盒子上写：经典比利时风味，黑松露巧克力。

什么味道，经典不经典，我不关心，只关心"邂逅"两个字。

这几日一直在制作一盒明信片——《下一站，你愿不愿意跟我走》，关于前不久的云南七天行。在制作时，好像把七天的行程又重新走了一遍。

那七天离我越来越远，远到快没了记忆。我想留住它，留住每一次看过的风景，和旅行中的温柔心意。

"邂逅"的盒子背面写着：生命应该浪费在美好的事物上！

还有几行小字：

我是天空里的一片云，

偶尔投影在你的波心。

第二章　世界美如斯

你不必讶异，

更无须欢喜，

在转瞬间消灭了踪影。

你我相逢在黑夜的海上，

你有你的，我有我的，方向；

你记得也好，

最好你忘掉，

在这交会时互放的光亮！

你记得也好，最好你忘掉。只是你能不能给我一个地址，我将这盒明信片寄赠给你。你有你的下一站，我有我的下一站，可是我们再也不会在同一站邂逅。

我怕我无法诠释"邂逅"的意义，去百度，它显示：

邂逅，指不期而遇或者偶然相遇，出自《诗经·国风》，也可以表示欢快的神态。

邂逅和相遇虽然词义相近，但含义不同。邂逅是指两个完全不认识的人第一次见面。相遇，可以是故友的相逢，也可以是两个陌生人的见面。

"今夕何夕，见此邂逅。""邂逅"一词出自《诗经·国风·郑风·野有蔓草》："野有蔓草，零露漙兮。有美一人，清扬婉兮。

• **不如随心去生活**

邂逅相遇,适我愿兮。野有蔓草,零露瀼瀼。有美一人,婉如清扬。邂逅相遇,与子偕臧。"

阴阳学中认为,这个世界上没有偶然只有必然,无论多么微小的邂逅都必定会影响未来的命运,缘分缔结就不会消失。世界貌似很大,其实很小,只限于自己眼睛看得见的,手摸得到的。

我很幸运,在这十亿分之一的概率里,错过了那么多人,却最终认识了你。

我们相遇在对的地点,却错了邂逅的时间。

这里的"我们"是你和我吗?对的。地点是彩云之南,白云在原野上奔跑,影子在落日中归隐,这样美丽的地方,任谁抵达都能"邂逅"。只是,大多数人如"我们"一样,却错了邂逅的时间。

今夕何夕,见此邂逅。时间不对或记不清时间也没什么关系,人生有一次这样的邂逅,足够。

第二章　世界美如斯

给自己一个温暖的所在

柿子原本是涩的，因为放在盒子里闷得久了，就变甜了。

邻里的相处也是如此。

入了新居。我将柿子从盒里一个一个小心翼翼地拣出，再小心翼翼地一个一个放进果盘里，不多，也不大，如果这样送给邻居，他们会不会嫌弃？

我敲了敲门，邻居应声而出，我说，从家里带来的柿子，很甜，送你们尝一尝。

邻居笑说谢谢，要我进去小坐。我说谢谢啊，不打扰了。

还有几个，小灯笼一样，送楼下邻居，敲了门，无人应答。我想，他突然打开门，我该如何说，小小的柿子，不珍贵，也不稀奇，算不上礼物。

好在门未开。返家将柿子一个一个装进袋里，挑选好看的明信片，写上简单小字：

• **不如随心去生活**

嗨，501 邻居：

从家乡带来了软甜的柿子，这是我父母种的，特分享给你们。

谢谢你们几次帮我们搬小童车。

以后多多关照哦！

欢迎来家里做客。

601 邻居

再返回 501，将袋子系在门上，明信片如花束一样斜插在门把上，一边上楼，一边回头望，想邻居夜归时看到它，会不会觉得心头一暖。

关系的相处，也复杂，也简单，就看我们怎么理解它。

也许你的院子里没有柿子树，但一定有苹果树、石榴树、葡萄树，如果都没有，那你一定有亲切的笑容，别吝啬，明天开始，像我送柿子一样将你的笑容送给邻居，他们回赠你的也许不多，但他们会让你觉得，你生活的地方，不仅仅是一个小区，还是一个温暖的所在。

第二章　世界美如斯

我好像答应过你

"我好像答应过你 / 要和你 一起 / 走上那条美丽的山路 / 你说 那坡上种满了新茶 / 还有细密的相思树……而今夜 在灯下 / 梳我初白的发 / 忽然记起了一些没能 / 实现的诺言 一些 / 无法解释的悲伤……"

去山里的几日,因常有雨雾,一夜醒来,望缭绕云雾,不知身在何处,忘了季节,记不清年月。

花朵绽在枝头,昨夜的悄悄话,一定被窗下的它偷偷听了去,好在,所有的言语都被它无声地藏在了蕊里。

还有那长长的山路上,我们共同撑着一把雨伞,看山涉水,林间听风,唱歌谈心,细密的雨水都不忍心沾身打扰。

雨未停,撑伞的人离去。

我一个人对山,山不语;对花,花无声。自此,坐车也好,登山也罢,都觉得那人似一阵风,来过又不见,不仅是我身边的

不如随心去生活

位子空落落的,是整个山谷都空了。

希望哪怕发白齿落,仍有机会去看世界美景,纵使一路有雨,都抵不过一路有这样一个你。

第二章　世界美如斯

我喜欢在路上的感觉

我喜欢在路上的感觉。

汽车、飞机、火车、轮船，从没有刻意想过选择什么样的交通方式，我只要自己行走在路上，哪怕时间很短很短。

决定要奔赴的那一刻起，我的内心便已雀跃不已。至少要提前半个月，开始构想出行的装备。凭海临风，要穿长裙，裙角沾了海水，拍打着脚踝，会有一种入骨的沁凉。穿越沙漠，要穿淡蓝色长裤，配红色格子上衣，没有花朵，没有绿洲，就那样随意一站，与身后长空一般，明丽辽远。

就这样，衣着还是其次。其实，身未动，心早已远。工作要提早做，非但不觉得累，反而效率极高。遇着小不愉快，心有声声响，要走了，要走了，再回来已不是原来的那个自己。下班回家的路上，眼睛里似燃着小火焰，映出对方被生活拖累的疲惫样子，心下没来由地骄傲，看，我就要去远方了，你还徘徊在原地。

• **不如随心去生活**

　　回到家，推门而入，旅行箱蹲守在门口，像一个急于跃入夏日雨水里的孩子，只待我拉起拉杆，不管我去往哪里，都会顺从地跟我走。离远行的那一天还有多时，那又有什么呢，看到旅行箱，就像看到了远方在招手，日日，夜夜。

　　衣服、充电器、相机、洗漱用品……凡要随身带的，一样样放进去，又拿出来，反复多次，每一次又都是郑重的。书有很多，要跟着走的，只会选一本。这一本，不仅要随了心意，还要看前往的是古城还是山林。书带了去，未必会多翻几页，但每看过去，都会在这一页写上这一旅程，某年某月某日在何处，我的目光读过它。很多年后再翻它，仍能在字页前感受到这一页这一程的山阔水又长。

　　不用进行挑选的，唯有那一个小小的民族风情双肩包。它的背带断了，我去缝；它的拉链坏了，我去修；它旧了，破损了，我一点也不嫌它。它就像我的一个贴心旧友，与我相伴多年，看我跋山涉水，看我辗转流离，不管我是在街角迷失，还是在海边呐喊，它都一心一意地跟随我，伏在我的肩背上，双肩带像一个拥抱，紧贴着我的身心。

　　每晚入睡前，必看的是日历，看看距出发的那一日还有多远的距离。快了，快了。入睡时嘴角含笑，连梦中都有隐约的汽笛声。

　　声声都在召唤。

天很蓝，秋很近，就像你一直在我身边。

世界很美,而你正好有空品一本好书。

我住在一所小庭院里，院里有小木屋、树木、青草，还有这样一方景致。

一杯咖啡,暖手也暖心。

第二章　世界美如斯

终到出发的那一刻！火车拥挤，飞机晚点，又怎样呢，从出发的这一刻起，每一处都已是风景，看都看不过来，赏都赏不够，哪里还有时间去叹息。火车走走停停，飞机倏忽而过，乘客多是熙攘，或者眯眼而憩，和他们不一样，我探着脑袋，不眨眼睛地看向窗外，原野，河流，站台，还有漫天洁白而无瑕的云朵，每一种景象的美丽都不能使我无视而过。

在旅行的途中，我遇到了陌生的城市，还有从未谋面的行人，我像他们中间的一员，吃饭，出行，休息，共同感受吹过耳边的风和扑面而来的雨水。我拍下城市的表情，檐下的草木，还有船只离港海水泛起的层层涟漪，像拍下本已成了风景的自己。

每一次旅行都是一个圆，哪怕走得再远，还是要回到原点。可以分享的是一次远行的路线，可以共赏的是一组拍摄的风景，但唯有远行的心情，是不可言说。

有句话说得好：这一年，这一个月，这一天，都会过去，只有自己记得，纪念着，在时间无边无数无量的渺茫里，记得一个春天，记得一次大雪，记得那一座座为雪覆盖孤独兀傲的山峰……我也想记得一个季节，一次微雨，记得那一层层为映衬天空之美而特意绽放的云海，因为，我是那么那么地喜欢在路上的感觉。

• 不如随心去生活

只是日光，刚刚好

去看山。山不高，路旁有花，红的桃花，黄的迎春花，偶有玉兰，稀落地盛开在枝丫间，像个娇羞的姑娘，走走，停停，有时远，有时近，与其说我们是看春天，不如说是来看山。

山也没什么好看的，它沉睡着，一定是鸟雀的声音不够清脆，花朵的盛开不够热闹，不然它怎么能忍着不睁眼来看一看。

小少年们奔跑在山间，似溪流奔腾，长长的路，容他们跑去，直到快跑得没了踪影，大人才在背后扯着嗓子说："慢点，等一下啦！"

小少年们停住脚步，坐在路中间，抬头望山，有风吹过，远远的声音传来：起风了！

山谷里的风说来就来，再多走几步，风说走就走。推着的儿童车里坐着的小姑娘，戴了个缀有蝴蝶结的花边太阳帽，风来，帽也跟着走，大人弯腰捡了来，像捡拾从某棵树上飘落下来的花，

第二章　世界美如斯

为小姑娘戴头上,风走后,再为小姑娘取下,阳光多么好,请尽情享用。

带足了水果、餐饮,择山谷一角闲坐,吃吃,喝喝,眯起眼睛打个盹儿,再不然相互依偎着拔去一根根岁月的白发。无大餐享用,小少年们也不觉得饿,个个如同上足了发条,竹林下追逐,亭轩里嬉戏,台阶上留影,喷泉前欢呼,山谷里哪里有风,分明是小少年们脚下在生风。

童车里的小姑娘初次看山,她不稀罕,花开得好不好与她无关,山高不高她也不在意,她只顾抬头看欢声笑语的哥哥姐姐,低头把手里的玩具反复地把玩,她像是在说,无论我来不来,它们都在那里,好的,自然好着;坏的,也一样坏着。

也是,去年此时,她还没有来到这个世上,山还是那座山,花还是那些花,不会因为她来不来而有大的改变。

童话故事《花婆婆》里也有一个小姑娘,名字叫艾莉丝。艾莉丝的爷爷告诉她,要做一件让世界变得更美丽的事。

来看山的小姑娘还没有听过这个故事,但随着她慢慢长大,她一定会像艾莉丝一样,因自己的存在,让这个世界变得更美丽。

此刻,她无须做什么,只要和她的哥哥姐姐,或者和一棵树、一朵花、一只鸟一样,成为山的一部分,也成为春的一部分,就很好。

- **不如随心去生活**

很好的还有日光。去山里之前特意挑选了一本有关山的书来阅读，多是久远的文字，还是少了些许生机，倒是回来的当晚随手翻阅枕边书，看到一个叫黄惠子的人写：

  到达一个不引人注目的地方。像我以前到过的地方。想想看任何一个这类味道的地方都会给予人一种暖阳之下的相识感。

  不吵，也不寂静。有点破，但不荒芜。

  小亭子里带着泥的长凳，上方错结的藤洒下密织的影。有人哼着歌缓缓走过，东张西望。草地觅食的鸡，碰上调皮的小男孩撒丫子便跑。不远处湿软的泥巴路上，小桃树望着天。

  雨过天晴，日光正好。

正好的又不仅仅是日光。

第二章　世界美如斯

你是世间所有美好的代名词

我和你昨晚一起看过的花,今天早晨就已经纯白的绽放在了枝头。

昨晚和她告别时,我还特意俯下身来闻了闻小小的花骨朵,浓郁的芳香立时袭了心头。真想摘一朵来,放在口袋里,背包里,衣橱里,如果有人问我用了什么香水,我会微笑着说,香水的名字是:花。

平生不懂化妆,素颜示人,对护肤品也无太多要求,更没有用惯而无法舍弃的牌子。仅有一种,购买挑选时,看到"山茶花"三个字便认定了它。昨晚某先生回来,将小袋子递我,说,喏,你的山茶花。

我接过来,仿若接过的是一捧山茶花。

彼时,我正看花,和你一起。她也有一个好听的名字——栀子。

我对你说,你闻,她好香哦!她的名字叫栀子,好听不?你若觉得好听,我叫你栀子好不好?

你有很多个名字,不知道你究竟会喜欢哪一个。如果你以后问我原因,我会说,你是世间所有美好的代名词。

● **不如随心去生活**

"清香随风发,落日好鸟归","叶乱裁笺绿,花宜插鬓红"。古人写的是山茶花,我也可以以为是在写栀子。因为昨天我们一起看栀子时,正是有清香、微风、落日、飞鸟,当然如果可以,我真的想将花摘下插在鬓边,像一个将要去和心仪的人约会的女子,眼睛里因此有着隐秘的欢喜。

可是啊,我哪里舍得摘下。它是妈妈种下,爸爸运来,只因为我无意说过喜欢。凡我喜欢的,二老都会倾尽所有。更何况只是一株栀子花树。

我拍下它在晨光里开出一朵花的样子,然后发给爸看,并告诉他,花开了,很好看,也很香。

此时,我坐在晨光里,坐在栀子花的旁边,闻着它的芳香,好像我也成了花一朵,有心的人一定也能闻得到字里行间浸润着的点点芳香。

花开了,很好看,也很香。我希望作为二老的女儿,我这朵花也会在他们眼里成长为如此模样。

当然,不管你是叫栀子还是叫山茶,花开了,很好看,也很香,这九个字也终将属于你。到了那时,我希望作为我的女儿,你可以不用像现在一样在我的怀里,但至少你和我还时常一起欣赏一朵花。

那样的话,你相不相信,花朵会芬芳了晨,我们的温柔则将宁静了夜。

第三章
惜君如常

- 不如随心去生活

消息

昨夜入梦。

逢见妖魔鬼怪，醒来只记得一株樱，开着粉色的花，风一吹过，花瓣纷纷扬扬。我拿了玻璃瓶，盛了清水，俯身捡拾，一瓣瓣入了瓶，煞是好看。

有如这十月，从入十月的第一天始，各种坏消息接踵而至。晚上入睡前，躺在床上，常常禁不住发出一声慨叹：好幸福啊！

要求越来越简单，只要每晚能躺在软绵的床上，天晚入梦，天亮醒来，就已经足够。

还想要什么呢？

一个周末，天气晴好。我在阳光里写下日志：

爱人在厨房里煲着汤，孩子在郊外远足，衣架上晾着刚买的新衣服，你躺在躺椅上晒太阳，面前的书恰好翻至你要读的那一页……幸福不过如此简单。

第三章　惜君如常

再坏的消息后面,紧随而来的消息里面总会有好消息的。如果好消息没来,不要急,要像我曾经写过的一篇文章标题一样——我对幸福有耐心。

• 不如随心去生活

我的他

离开三亚前的最后一个清晨,他唤我去看海上日出。我从梦里醒来,跟在他旁侧,去往海边。

起初,特意选了在阳台上能看到海的房间。他驻足在阳台上,望着海的方向,迟迟未离开。

只需步行五分钟便可以到海边。周遭漆黑一片,除了远处海面上的点点灯火,我能够看到的,只能是他。脱下鞋子,他卷起裤管,沿着松软的海岸线前走走后退退。我们说话。也并无太多的话要说。好像除了等待日头从海面升起,其他都是多余的事。

渐渐,有人冬泳跃入海中。渐渐,晨跑的人路过。他说想去看一看远处的海。我跟着他,走上一段。两双鞋子丢在身后。我们赤着脚走了好远好远。脚印长长的,在海浪过处。虽然海浪一声接一声,摄影师还是捕捉了去。我挽着他,一直走在海边。直

第三章　惜君如常

到回眸处，东方红霞染了天。

所有人都停了下来，只做两件事，那就是仰首看天和拍照。真的美极！海上日出，任如何描述，都不够形容它的美。在海边等待过的人是懂得的，不是所有人都能有幸看到海上日出。

他也钟情这一刻，举起手机拍照。我知道他是拍天空，但我站在他的镜头前央他拍我。拍完还要拉着他一起站在满天红霞的海边，让路人帮忙拍一张合影。那一刻，我挽着他，把头靠在他的肩上，没有看旭日初升，但想它一定在这一刻的定格里分外美丽。

不了解的人看我和他如此亲密，想必会以为我与他是情人。的确，我与他是情人，只不过是上辈子的情人。都说女儿是父亲上辈子的情人。这辈子，他想看海时，我就带他看海；想看日出时，我就陪他看日出。谁说美丽浪漫的事只有情人才可以在一起做呢？父女也一样可以。

• 不如随心去生活

我的她

雨夜,我去看她。和她同睡一张床。

我穿她的花衣衫,空荡荡的,似怀里揣着随时要放生的风。

我窝在她的脚边,和她一起看她爱看的电视,聊她听不懂但始终会眯着眼睛认真去听的话题。

夜愈深,雨愈大。我睡不着,起身蹲在屋檐下打一个长电话。回来,受蚊虫叮咬,皮肤起了大小包。她央我去摘一种植物的叶子,用来止痒。植物的名字不是少女般的栀子或茉莉,而是洋荆芥。

我撑着雨伞去寻,檐下雨唰唰而下,几盆植物清一色地齐刷刷绿着。我摘了一枚叶子回来,她说不是。又去摘,依然不是。来回三趟,直到第四次,她要起身,我摘了来,听她的话,放在鼻尖处闻,果然清香,正是我要的。

她教我,一枚叶子放在手心揉搓,拍在痛痒处。我学着,有种雨水的沁凉。

第三章　惜君如常

雨哗哗唱了一夜。不知是否有打湿了羽毛的小鸟在清晨歌唱，总之我醒来看她早已坐在那里。她怕一有动静就会吵醒我。

我起身，依然穿她的花衣衫，坐在檐下听雨看书。也不惧怕苍老了，穿她的衣服，恍然以为是她。老了，也可以这样，穿着花衣衫，坐在檐下听雨看书。

她有了我这个女儿，还希望我也有一个女儿。她说，看到你，就想让你有个女儿，你像我一样老了时，也会有一个女儿像你现在爱我一样爱你。

我像她一样老时，她已经不在世间。她忙碌大半生，还在为不在世的日子费心思。

她已经不在世间。一想到此，我的泪就如檐下的雨，落个不停。

• 不如随心去生活

轮回

【1】

我极少梦见他。若真的梦见,也是他遇到了危险,或者他丢了。每一次我都是急切地喊着他的名字,喊到歇斯底里,喊到泪流满面。

我从来没有在梦里这样惧怕过。如果不是因为他。

今晨六时醒来,也是因为梦见他在河边戏水,水并不清澈,淤泥过多,我在岸边叮咛他小心,他玩到兴起,将叮咛和我的呼喊抛在脑后。再一回头,遍寻不见。我急切地喊着他的名字,喊到歇斯底里,喊到泪流满面。直到快要无力,他笑笑地从旁侧跑了出来。我有些恼他,想等他走近定要暴打他。

还未走近,我已醒来。听到躺在身边睡得正香的他呼吸悦耳,我眼睛未睁,便翻过身去抱他入怀。

真好。他还在我身边,不曾远离。

这个梦,母亲也做过。只不过梦里的主角是我,哭的是她。

第三章　惜君如常

直到我嫁了人成了家,她才不再做这样的梦。终于,现在轮到了我。

【2】

他并不爱睡觉。哪怕是在我无比珍视的周末午休时间。

我想睡去,同他一起。每晚入睡时,我能看到他;每早醒来时,我能看到他。只有中午,他睡着的样子,我不曾知道。

也只有在周末。

他不肯。睡觉在他看来是浪费时间。

我困意袭来,说了一句:"你若不睡,去把洗衣机里的衣服晾晒出来,厨房的碗筷洗刷干净,拖地擦桌收拾沙发,像我之前一样做好清洁。"

想不到他快乐接受,翻身而起。

我入了梦,梦里细细碎碎的声音,全是源于他。

醒来,我在房间里晃了一圈,坐在那里不知如何是好。衣服在晾衣架上正和阳光自由亲吻,碗筷洗得干净去了它们落脚的地方,桌面干净,地板干净,沙发干净,哪里都是干净的。

好像是多年后,他在某一个城市居住,我去寻他,他迎我回家,我看到的那样,衣服在晾衣架上正和阳光自由亲吻,碗筷洗得干净去了它们落脚的地方,桌面干净,地板干净,沙发干净,

- 不如随心去生活

哪里都是干净的……没有我,他一样把自己照顾得很好。

这样想来,我犹豫了一下,走过去把正坐在沙发上看书的他紧紧地抱了抱。像是多年后,一边希望他远走高飞多去看看世界,一边又对他充满依恋,想像装一颗糖果一样把他装进口袋里。

【3】

晚饭后总要散一个小小的步。恰逢附近新开了门面,放映露天电影。我恍若回到小时候,不同的是彼时我如他年纪,现在我的手里牵着一个他。

电影散场,我们回家。买了爱吃的水果,上了楼,我拿钥匙开门,他主动替我拎着水果。想及他小时候,很小很小的样子,他睡在我的怀里,我上楼,拎着水果,拿钥匙开门,钥匙无法准确入孔,我便把他小心地轻放在地上。

什么时候他才能长大,帮我拎水果,帮我开门,帮我开灯,帮我……曾经不止一次地想过,如今,他会帮我拎水果,帮我开门,帮我开灯,帮我……可是我又想念起他的小时候。

母亲也想念我的小时候,不然她怎么会常常讲起。直到我有了他这个小孩,母亲讲述里的小时候便换了主角。

孩子是生命的延续,也是生命的轮回。真的是对的。

第三章 惜君如常

春天的味道

我们上了车,爸握着方向盘,问:"去哪儿?"

我说:"随便。"

没有什么目的,只是恰逢周末,天气又这么好,待在家里着实浪费大好春光。

向来我的周末,再忙也要分出一天的时间陪伴父母,给他们做一顿好吃的饭,陪他们说说话,做些无关紧要的小事。

车子向北驶去,漫无目的,走到无路,折回来,再去寻路。

车上坐着的都是我最亲密的人,我想去哪儿,他们随我;走错了路,他们无怨言。

也是,我要的这么简单。要不,找一片旷野,在麦田里走一走,在花树下坐一坐?

到处都在修路,哪怕已经快要远离了城市,也是尘土飞扬。车子拐进了什么路呢?管它什么路,只要有路可走,只管向前。

• 不如随心去生活

走着，走着，啊，眼前一亮，鼻尖随之也嗅到了清香，原来是开着繁花的梨园！即使刻意找它，还是要花费工夫的，这下，眼前这种欢喜，全是捡来的。

树桩下用绳索拴着的狗也不忘自己的任务，象征性地吠了两声。

我惊叹着，哇，好美的花！实在是太好看了！

梨园主人抱着婴孩从门口的小木屋里走出来，想必是看我如此夸赞他们养的花，并未阻拦。

我们一路称赞着跑到树下，那一树一树的花开，那朵朵耀眼的白，仿若处在梦境。

"爸，妈，快过来，我给你们照相。"

爸挺拔地站在花树下，脸上有着斜枝的光影。

稍往右移，对，再往左移一点点，好，一，二，三，喀嚓，连花骨朵都为这一对父女的密切配合笑开了一瓣又一瓣。

妈，妈，妈。

妈，是世间最美的呼唤。忘记是哪位作家写过，他母亲去世，他才知道，人世间最难过的事无关其他，是再也无人可以让他对着喊一声妈。

所以，我在楼下喊妈，在电话里喊妈，在花树下喊妈——"妈，妈，快来拍张照片，你那么爱花。"

第三章　惜君如常

无人应答。原来，她在和梨园主人的婴孩逗乐。妈养了自己的孩子、孙辈，还没有养够。

拍不拍照无所谓，不管做什么，只要做自己喜欢的事就好。

梨园这么大，三棵五棵，甚至一棵就够看的了，这明明是捡来的欢喜，可居然像上天恩赐的一样，这么多的花树，一棵挨一棵，数都数不过来呢。

小朋友不懂花的美，小朋友有用不完的精力，只要让他动起来，他便找到了乐趣，于是，我唤他："娃娃，娃娃，我们跑几圈。"

马路上是跑，操场上是跑，花树下也是跑，但跑的感觉完全不一样。

他一下来了精神："好，我们站好，一，二，三，预备，跑！"

午后的阳光作证，缕缕轻微春风作证，朵朵与蜜蜂缠绵的花儿作证，这个昔日襁褓中的婴儿，如今稍一用力，就跑到了我的前面。

剩下那一位是 M 先生，他永远都是自有自的乐趣，用相机对准一朵花，慢慢地拍，认真地拍，一点儿也不着急。我和小朋友呼呼地一阵风旋过，他转移视线，用相机对准奔跑中的大人和小孩，我甩出的发辫，小朋友有力的双腿，在他的镜头里，定格成一幅春天的画。

如果错过我们，这花开一场该有多寂寞。

• **不如随心去生活**

  M先生弯腰捡拾不知何时掉落在地的花枝,唤我的名,说,你来啊。

  我跑过去,停在他面前,他将花枝轻轻地轻轻地插在我的发间,又怕我稍一动花枝会掉下来,歪着头仔细固定了一下位置。

  他给我拍照,发间戴花的我,隐在花影里的我,静默的我,奔跑的我,也不管拍得好看不好看。我知道,他拍的不是一个人,是一场花事。

  要走了,一直蹲守的狗像是欢送我们一样,汪汪狂吠两声。连看门守家的狗都懂得,不要在春天打扰看花的人。

  还要去哪里呢?反正没地方去,不如一直往前走,见了路口拐弯就是了,只要不往市里的方向拐。

  在途中,我讲我小时候的梨园和杏林,直到小学毕业,我下午放学后的所有时光都是在梨园和杏林里度过。所以,别人爱牡丹和玫瑰,我却更爱梨花和杏花,它们浸染着我少时太多的记忆。

  每年春天,我都会讲一次那些开在记忆里的梨花和杏花。这么多年,从不厌倦。

  咦?春风捎来了哪里唱大戏的消息,咿咿呀呀。我们四下望去,啊,在那儿,果真是一台大戏,化了妆,着戏服,在露天搭建的戏台上,甩着水袖,声声慢。

  "快,快,太好了,我要去听。"我兴奋地叫喊着,车子没

第三章　惜君如常

有停稳，我就推开车门跑了下来。

妈嗔怪道："看你兴奋的，好像你听得懂一样。"

我没有答她，因为我看到她比我还要着急，踏着小碎步往戏台迈近。我挽着她，在观众席找了一个座位给她。说是观众席，多是老人搬了小板凳，小马扎，有的干脆直接骑了三轮车下都不下，兀自停在那里。谁也不怪谁，都是爱戏之人，再说，这台大戏唱得有声有色，又不要票，分明就是白白赚来的啊！

唯一不好的一点就是要露天晒着大太阳，这一天天气出奇地好，午后二时的阳光晒得人快要睁不开眼睛。又有什么呢，虽然春天早早来报到，但这一阵子阴雨不断，难得今天天气晴得正好又恰逢周末。想着想着，也不觉得晒，在离戏台三米远不偏的位置，随地捡了半块砖头，和爸并肩而坐。懂戏的人看戏，不懂戏的人看字幕，如果还不懂，就侧头问爸，现在出场的是谁……

小朋友看不懂戏，但看这样露天大戏的机会本就不多。不像我。我之所以刚才在车上看到舞台戏兴奋，听不听得懂无所谓，正是因为我小时候常常在集镇上看到这样的大戏，大人看戏，小孩看热闹，最爱做的是悄悄钻到后台看演员怎么上台下台化妆卸妆。那时对后台好奇的是我，现在对后台好奇的是我家小朋友。

时光啊，我一边希望你慢些走，这样我的父母才不会很快老去；一边又希望你快些走，这样我家小朋友才会快点长大。

- **不如随心去生活**

　　M 先生不喜戏，也不催我们。他转来转去，一会儿带着小朋友玩，一会儿四处拍照，拍后台，拍唱戏的人，拍看戏的人。老人没有年轻的面庞，但他们岁月沧桑后的脸庞，在温暖的阳光下，呈现再没有过的满足。M 先生一会儿跑来送水，一会儿送冰激凌，小朋友偎在我的脚边，他一小勺，我一小口，凉凉甜甜地快要把自己融化在了这个春天里……

　　是啊，我们行走在春天里，不管是做着什么事，都已经是春天的一部分。

　　什么时候回家呢？不着急，什么时候唱完，什么时候回家，可是家门口晒着的棉被该怎么办呢？那又有什么呀，太阳晒了，月亮晒，反正都是春天的味道……

第三章　惜君如常

花时间

暮春，去看花。

一朵一朵开得灿烂，都是月季，红的，白的，粉的，黄的，恨不能变成一只蜜蜂，住进花心里，待个够，闻个够。

带妈去月季公园看花，是我每年此时节一定要做的事。妈爱花，尤爱大朵的花，艳的花。我原与她不同，喜小朵的，细碎的，觉得淡雅。但因为爱她，她爱的花，我也渐渐爱上。还没进公园的门，看到满园的花，我就旁若无人地大喊："哇，实在是太漂亮了！"

花开得那么漂亮，都无保留，也无矜持，我也无须遮掩，好看就是好看。

妈看花，爸是要跟着的。理想中的状态是妈看花，爸看她。但他们磕磕绊绊大半生，前段时间还闹得天翻地覆要离婚，爸拖着行李离家出走，妈卧床不起哭哭啼啼。爸前脚刚走，妈说让他走管他死活。一个时辰未过，妈就挂念他这是要去哪里啊，带钱

• 不如随心去生活

了吗,他怎么吃饭啊,他睡哪儿啊,走时拿外套了吗……尽管妈躺在床上不吃不喝也不发一言,但她所有的心思我都懂。

爸和妈非但不习惯说爱,还时不时拌上几句嘴,但他们就这样相互陪伴了几十年。

妈看花,爸有时看花,有时看她。爸有时拍花,有时拍妈。

我拍照,在花前,妈挨着爸站,不远不近。

我说:"近一点嘛,挽着胳膊。"

妈挽着,爸笑,妈也笑,花好看,他们更好看。

园子很大,没有其他作物,只有月季。刚看了一半,爸催着走,妈也跟着要走。

爸性子急,看花也是"赶紧赶紧"。妈也是。几十年的相伴,不知是他影响了她,还是她影响了他。

我说:"有些事,要缓着做,要慢下来,不要急,不要慌,比如看花。因为每一朵花都是美的,每看一朵,看一眼,心里都是美的。"

爸没有说话,妈也不知是否听得懂,但他们从入口到出口,不再慌张,也不再急躁。

离开的时候,所有人都没有带走一朵花,也没有窃取一缕香,但到来之前和离开之后一定有什么不一样了吧。

第三章　惜君如常

隔几日，已立夏，爸载我去花卉市场，骑着他的三轮摩托。我坐在后面，和他一起穿过小半个城市。

初夏黄昏的风从耳边吹过，爸在前面说的话，我有时听得清，有时听不清。

爸说了句："买什么花好呢？已经够多了。"

我说："茉莉，栀子，山茶，扶桑，什么花都行。"

家有小小露台，刚刚立春时，爸就像是把小露台承包了一样，这一盆，那一棵，花盆里种花，土壤里种菜。

爸说："过些日子，天暖和了就好看了。"

我对爸说："露台就交给你，你想怎么样都可以，想种什么就种，想搭棚子就搭。"

他能有件事做，不急，不嚷，就好。

早上，他第一件事就是去露台上，这一片茼蒿长得太密，拔几棵中午配面条吃，那一片荆芥长得过慢，就在网上查查原因。

饭后，他第一件事也是去露台上，说是吸烟，实则是看他的菜他的花。长寿花、玫瑰花、牡丹花、茉莉花，还有几盆不知名的花，在他的悉心照顾下，都日渐抽出新芽。

每看到一朵花开，我都夸赞爸。我说："多亏有了你，这花要多感谢你。"爸也不说什么，只是笑。

我提议要去花卉市场买花，他同意载我前往。

• 不如随心去生活

露台不大,仅盆栽就已经有四十多盆,多是爸妈捡来的,养一养就好了。到市场买花,爸觉得贵,推说不要。

我挑选了两盆栀子,两盆黄菊。我说,花带给我们的,比区区几十元钱多太多了。

快出市场门的时候,爸停下来,问这花怎么卖。

我看花盆上面的标牌,上写:月季。

爸说:"这花可以买两盆,你妈喜欢这种,大花,艳的。"

回家的路上,我和花一起坐在爸的三轮摩托车里,穿过小半个城。我坐的不是宝马车,但我想,如果是我看到这样一对和花同处的父女,一定心生羡慕。我自己也感觉,爸载着的,我和花,都是他爱的。

黄昏的微风吹啊吹,一朵浅粉的月季,一朵大红的月季,随风飘摇,一会儿花朵搭在我的耳侧,一会儿细刺拽了我的头发。

我大声地对正风驰电掣的爸说:"这几盆花多开心啊!和小伙伴挤挤挨挨地在温室里等了那么久,终于见了日光,被我们接回去有了新家。""待会儿回到家,你就说母亲节要到了,这两棵月季是你送她的礼物。"

到了家,我原话转述给妈,妈说:"谁信!"可分明笑着把那两朵正绽放的月季看了又看。

爸移植花,好的花要植进好的盆,兜撒土粒,铺一层,撒一

第三章　惜君如常

捧黄豆，再铺，再撒，称这是花需要的养料。

爸将花移植进铺好的新土里，最上面的土一圈圈铺得平整，他像看一个装扮一新的小女儿，近了看，远了看，然后蹲下身来，一边修剪枝叶，一边说，看上去也是活不久的样子，怕是养不好。

我说："有句话叫'素心花对素心人'，花能感知人的脾性，人开心，花也长势良好，我们应该给每盆花贴上名字，为它写上小叮咛，比如茉莉，我们写上——茉莉，你有一个好听的名字，你盛开的样子好看，味道也芳香。我们关注它，时常俯身看它，即使我们不对它说一句话，它也能感受得到。"

爸听着，浇花，细致地一点点地围着花一圈又一圈将水渗进土壤里。能够想象，花儿们像夏日里放了学回家的小学生，见水就咕咚咕咚喝上一阵，立即就有了精神。

我用手机拍下照顾花儿时的爸，把这些照片连同我之前拍的他的花儿一起放在一个名叫"爸的花儿"的文件夹里。只是普通的花儿，黄色的月季，我拍下从花蕾到花开的整个过程，正因为是爸一点一点照顾的，总觉得花蕾的样子好看，花开的样子也好看。

妈喊吃饭，我到厨房——把饭菜端到露台上。家人围坐在一起，我们吃着，花儿看着，好像它们也是家里的一员……

初夏的黄昏，弯月若隐若现，又是一季，今年的春已过，再

不如随心去生活

也不会回来,好在还有夏天。德国作家黑塞在《园圃之乐》里写过:"在夏天衰逝之前,且让我们再次照顾园圃。为花木浇水,它们皆已疲惫。即将凋谢,也许就在明天。而于世界再度疯狂,被枪炮声湮没之前,且让我们为一些美好的事物高兴,为之欣然歌唱。"

距夏天衰逝还有很长一段时间,需要做的事情有很多,但照顾花木,为一些美好的事物高兴,为之欣然歌唱这件事,我想,也算是其中的一种吧。

第三章　惜君如常

温暖的线索

　　整理照片，一一分类——

　　十月的海，南方的冬天，旅馆外晾晒的白色床单，岩石下幼童扮的鬼脸，一起穿过的情侣衫亲子装……

　　我们往往在照片拍下的一瞬间，就以为完成了一切，从此，把它们存进电脑里，很久不曾再看一眼。

　　以为一年后，五年后，十年后，它们就在那里，只要打开一个文件夹，点击一张张照片，就可循着记忆的线索，找寻曾经的年月。

　　充分地信赖，也无非如此。

　　但是，电脑和人一样，往往会辜负这种信赖。

　　于是，跑了几条街，去找照相馆冲洗照片。

　　愈少愈珍贵，多了反而成了负担。照片是，爱亦是。不知道选哪一个才好。

• 不如随心去生活

　　小时候照一张相是极为郑重的事，必定要换上新衣的，镜头也是必须要看的，不像现在，随时随地，喀嚓数张过去，没一张好看的，删掉。即使有好看的，也极少再看第二眼。小时候照过相片，是要望着日月盼着日子取照片的，好看不好看都会夹进相框里，看了再看。

　　母亲到现在还保有着早些年的习惯，认为照相是极为郑重的事，要穿上新衣，系上花丝巾，还要找棵花树作背景。照得多了，再央她来照，她嗔怪，又没见洗过照片，之前照过的想看一眼都难。

　　母亲忙碌惯了，偶尔闲下来，她最爱做的事便是翻相册，有时候自己看，看一张，怔一下，再缓缓翻过；有时候是小孩子们团在她的脚边，她将某一张指给他们看，照片里的故事听上去总是那么遥远，尽管只是刚刚过去几年。

　　母亲翻相册，往往会选择在某个午后，而不是夜晚，因为她已经看不清照片里的眉眼。

　　我保存过她的一张照片，彼时她八九岁，扎着羊角辫，穿着花棉衣。半个世纪都过去了，她还能讲述发黄的照片里那段我听了无数遍的久远记忆。

　　我把孩子的照片，按从出生到后来慢慢成长的顺序逐一排列。我想，等到他长大带了喜欢的女孩回家，我最先要做的，不是给她准备一餐好饭，而是拿着相册给她讲，这是他一岁时的照

第三章　惜君如常

片,这是他刚入小学时的照片,这是他小学二年级拿了奖状的照片,这是他中学时、大学时……

然后,把相册郑重地交给她。

多年前,我初识 M 先生不久,收到一个大信封,打开,里面装着他小时候的照片,和他姐姐的一封信。信中写:

　　以后这些照片就交你保管了,我交给你的,不是几张照片,是他的前半生,还有他的余生。
　　……

过几日,从照相馆里取出照片后,我最想做的事是,陪母亲在一个午后一起看照片,听她讲述我听一遍少一遍的故事,然后,和 M 先生边看照片边回忆我们一起走过的长路。

• 不如随心去生活

念念不忘，必有回响

看她落在终南山的字，知道她一路跋涉得辛苦。梦里见到她，醒来转了红包给她，留言：小心意送你，愿你的心不再颠沛流离。

她拒收，说："我需要的是，有一人与我为邻，享一片树荫，闻一枝花香，读一本书，喝一壶茶。也可以，吃一锅饭。隔着一扇门，或者一面墙的夜晚，做着各自的梦。"

记得在夜里拨打过一个陌生的电话。他将号码留给我。他说，没有想到你会打来，高中时读你写的北京，看一遍就对北京心生向往，高考前坚持不下去时会想起你那篇文字，准确地说是想起北京。

末了，他说，此刻，我在北京。说完再见，他又说谢谢。我说，说谢谢的应是我。

第三章　惜君如常

　　常有不同的人转发来某张照片，或是一个背影，或是两根发辫，或是碎花的长裙，同时发来的还有一句话：在我心里，你就是这个样子。也有人把天空从早安拍到晚安打包发我，发照片的人说，知道你喜欢拍天空，虽然我们仰望的不是同一片天空，但我仰望天空时，感觉你就站在我身边。

　　这次发来的是一句留言：看到有人在写你，想应该让你知道。我打开，是她写着的袅袅九里香和石上清泉，图上是载满光阴的莲蓬和行行典雅娟秀的小字。她写给我的二十四诗品，一小本，不曾寄给我，是因为自己感觉不满意。恍惚想起的仿佛是前世的约定，我已遗忘，她却分明记得。

　　业务洽谈多是带一点拘谨。她来，握手，寒暄，还未仔细看她，她说，早知道你，今终于见真容。她是上市公司的董事长，怎么看也不像，素颜，短发，从股权到家常，从资源整合到孩子玩具，等人的空隙听她一一讲来，分外有趣。她掏出本子，夸赞我们把本子做得好看，花草多识，美而有韵，她用它抄写每日一帖，孩子写作业，她坐在孩子对面，一笔一画，边欣赏本子上的花草，边记取偶得来的哲思小句。她懂分享，抄写完毕，读给孩子听，拍照给工作伙伴。

　　临别时，我赠她书。她说，一见倾心就是这样了。

• 不如随心去生活

亦有人赠我，表面看是书，实则是新一年的日历，每天一件隽永的名人情事，每页一首动人的传世情诗。从未如此期盼新一年的到来，不止一次想象，在深夜的灯下一边回想逝去的这一天，一边翻启日历将这一页的情诗轻声吟诵，如此一来，不但把日子过成了诗，而且日夜都是柔软的、浪漫的、值得回味的。

当然，不会忘记每一天在情诗的空白处记下点什么，经年之后再翻看，会看到这样充满爱意的一年，即便是发白齿落，还是会在一句句动人心弦的情话中将年轻的时光一遍遍回想。

弘一法师说过：世界是个回音谷，念念不忘必有回响，你大声喊唱，山谷雷鸣，音传千里，一叠一叠，一浪一浪，彼岸世界都收到了。凡事念念不忘，必有回响。因它在传递你心间的声音，绵绵不绝，遂相印于心。

与我相印于心的人，散落在世界一角，有的相处已久，有的从未谋面，但凡路过，终有回响。

第三章　惜君如常

关系

午夜，她睡得正酣，手机猛然响起。

是他。

她调了静音，没有接听。

有人说，想知道一个人是否真的在乎你，就看这个人回复你短信的速度。

以前她不信。后来，还真的信了。

也有人问，你的手机为谁深夜开？她的回答：为他。她指的是曾经。

天空还是那片天空，月亮还是那轮月亮，但飘过的云却不再是那一朵。

他遇到了难题？他喝多了酒？他有了什么伤心事？……总之，不会是因为有什么开心的事，使他在午夜想起打电话给她。

她想了一会儿，没有急于再次侧身睡去，只是发了一条短信：

不如随心去生活

我想你一定是想告诉我今晚的月亮又圆又亮对不对？我以前看到美好的事物或者遇到不开心的事，不管任何时候都会想打电话给你。但现在不会了。不过，还是希望没有我与你分享时，你看到的月亮依然是圆的是亮的……

天亮后，她醒来，看手机，果然有他昨夜来电，却不见她发出的短信。她忘记是她发后即删，还是她梦里编写的短信，甚至是这本身就是一个梦。

就连昨天的圆月，也如梦一场。黄昏一场暴风雨，以为会浇湿整夜整夜，却不曾想一个小时之后，因雨躲进屋檐下的人们探出脑袋想要看一看雨时，发现雨早已住了脚，换了圆月在夜幕中登场。

圆月当空，宁静寂然，仿佛刚刚的暴风雨就是梦一场。

她和他的关系，也如暴风雨，不觉中，连两个当事人都没有发现。一场爱情，如一场风暴，也如皎月当空。

从轰轰烈烈，到宁静寂然，什么样的关系，都要平静接纳。

第三章　惜君如常

如果没有你，该多了无生趣

我知道一切都来得及，趁这一年还没有完全结束的时候。

去见你，穿上次见你时穿的方格长裙。

你等我在路口，你说，你穿得鲜亮，因为日子实在灰扑扑，你想把太阳的颜色穿在身上。

我挽着你的臂，迎着风。不，没有风，是因为心里生着朝气，裙角都随之翩飞起来。

在餐馆的角落里坐下。你让我点餐，说，点你想吃的，你喜欢吃的。娇宠的语气像是恍惚回到爱恋时分。也是，去见你的路上，我的心都快要按捺不住。早些年喜欢仪式感，一年结束时，或一年开始时，都要去见见令自己心动的人，是结束，也是开始。就晒一晒太阳，吃一顿简餐，或者喝杯下午茶，说说这一年，想想下一年。时间不知不觉过去，笑说再见，融入人海。哪怕并不知道下次再见又是何年何月。

不如随心去生活

没有看表,管它时间如何流逝,就这样在一起,彼此对谈,像是要抢着说,后半生还有那么久,但总觉得这次要说完说尽,生活,工作,喜悦,烦扰,昔日,新年,这些日子当时那么无味,一一讲述和倾听起来却充满趣致,一次又一次地被笑声点亮……

回来,在路口告别,没有不舍,没有回望,只是道声再见。独自在路上,臂弯里有风,想一想,笑一笑,如果不曾和你一起,今天该是多么了无生趣。

唯一遗憾的是,忘记打听彼此新一年的愿望究竟是什么。我的新年愿望有很多,你也在其列,那就是新的一年还想再和你一起,没有约定,没有承诺,就这样忽然想起,天气正好,随时相见。

今天的天气也不怎么好,但与你告别后的路上,我的心里吹起了春风,荡起了春意,你的名字不是春天,却本身就是春天。

第三章　惜君如常

风雪正好，跟爱的人喝酒暖身

忽然就落了大雪。

雪不比雨，来得悄无声息。

整个下午都在会议室，寸步不离，直到夜晚来袭。他发来短信：下了大雪。

下雪天，最应该做的事情是，和爱的人在一起，牵手走在雪地里，一走一滑，仿若这样长长的一路，是长长的一生，两个人相扶相携，直至白头。

下雪天，是不可以打伞的。湿了头发和衣襟又如何，歌里都唱过，谁的头顶上没有灰尘。灰尘都不怕，何况雪。轻轻一拍，雪就知趣地离了身。

下雪天，是要围炉夜话的。三五好友，两个知己，不怕车堵，不怕途远，踩过积雪，顶着白头，最终围坐下来，把日子过得热气腾腾。

• 不如随心去生活

雪路

那一场细雪,来得突然。

她向来没有看天气预报的习惯,风来吹风,雨来淋雨,当然,雪来踏雪。

她早上出了门才知道天空飘着细细的雪。

上班。一天忙碌。不经意转头,看到身后的玻璃窗外茫茫一片白。

下班,他说:"我陪你一起回家,天冷,路也滑。"

她走在他身边,被他挽着。

他怕她滑倒,牵她的手。

她脱去手套,将手揣进他的大衣口袋里。

经过路口,他用力将她抓得更紧。他说:"小心,慢慢走,不急。"

她想起同样一条路,有次大雨,也是与他一起。她坐在他的

第三章 惜君如常

车子后座。他的雨披是双人款,她坐在后座上,钻在雨衣里,看不见外面的世界,不知道到了哪里,只知道雨哗哗作响,他小心再小心地行驶。

那一刻,他是她的大鸟。

而这一刻,他是她的树。一棵会移动的树。她走到哪里,他都会跟到哪里,累的时候,快摔倒的时候,树都会容她靠上一靠。

雪已停息,徒留光滑的路面,好像这场雪的到来,不是为了装饰,仅是为了考验。

也是,爱一个人,艰难的路,怎能让她一个人去面对。

她说:"要不去吃那家的面?"像问他,也像是问自己。

他说:"可以啊,你想吃就去。"

他们越过路口,在街角买了水果、五香花生、葵花子。他说,有它们,你晚上看着电视就可以不那么无聊了。

他有两只手,一只手用来拎大包小袋;一只手,用来牵她。

他背着两只挎包,一只是他的,一只是她的。

她身无分文,无手机,无钥匙,但他给她一只手,就像是给了她所有。

在热气腾腾的小餐馆,他与她面对面坐,吃她想吃的面。她吃大碗,他吃小碗。他说:"喜欢你就多吃点。"

他有时也会笑她的双下巴,但从来都嫌她吃得少。

就像她有时也会说根本不喜欢胖子,却从来都把剩下的饭推给他。

他是这个世上唯一吃过她剩饭的男人。

他们推门而出,趁身上尚有暖意,还有长长的路要走。

路灯昏黄,刚砌好的红墙,长而直,雪薄,但也够白。她说:"有一年情人节,夜空飘着雪,我奔下楼来,看到昏黄的路灯周围,朵朵雪花像一个个小天使飞舞,你手捧玫瑰站在路灯下,白雪映衬得你像个凯旋的王子。"

路过零食店,他说:"上次给你买零食就是在这家进口店。"

路过布艺店,她说:"前几日我们一起订的窗帘不知道挂上去好看不好看。"

鞋子上沾了雪,他说:"回家我先烧点热水给你暖暖脚。"

车子缓缓而过,她说:"车上若有恋人也会羡慕我们,想在雪地里这样走一走吧。"

……

是啊,我们常常羡慕别人,殊不知一场雪,下得很薄,下得急促,却让我们知道什么样的路要一起走,并且走了之后非但不后悔,还会想:如果重新来过,不管是什么样的路,应该还是会选择和TA一起走过。

第三章　惜君如常

春日宴

【1】

他说过很多的情话。

她记得最深的是在最初，二人在一家餐馆吃饭，他说："我想和你一起尝遍这个城市的美食。"

【2】

总要适时地给自己一点奖励，比如去享用美食。

秋刀鱼。鲷鱼清汤。寿福清酒。水果沙拉。味道别致有好听名字的寿司：美人鱼的歌声。

他坐在对面，讲清酒的滋味。她用筷子夹起餐盘中露水微湿的花枝，想象面前系了头巾的服务生在清晨趁人不注意时偷偷摘下几小枝。

他给她讲国际局势，她认真地听。尽管她觉得这些于她而言好像不是什么重要的事。她只关注明天的天气、今天的出行、枕畔的书、窗前的月。有时在她生命里出现过的人，她也不怎么关注。心的空间太小，不能装下太多，会显得拥挤。

刚刚过去的一段时间，她就是因为心里装得太多，所以心像个街市一样嘈杂，在乎一切声音，再无关紧要的人，发出的声音再微弱，到了心里就如同洪钟，震上几震。

现在再想起不免觉得好笑，笑自己的愚：嘴长在别人身上，管不住别人的嘴，但可以管住自己的心。

寒山问："世间有人谤我、辱我、轻我、笑我、欺我、贱我，当如何治乎？"

拾得答曰："你且忍他、让他、避他、耐他、由他、敬他、不要理他，再过几年，你且看他。"

看他如何？再过几年，连对方是谁都不再记起，不值得的人，一分钟时间都不要为之花费。

时间是最好的奢侈品，值得的人，赠他再多都觉不够，聊天，对视，吃饭。这一餐刚刚享用完，已经商议好下一餐要去往哪里。

【3】

他是唯一一个一同吃饭时她无须注意吃相的人。嘴角沾了饭粒，他不提醒她，而是用纸巾为她轻轻擦拭。

她没有外出带纸巾的习惯。起初他会说她不像个女生，但渐渐，

第三章　惜君如常

二人出门并不缺少纸巾用，因为他带着。

【4】

他刚刚喜欢上她时，问她喜欢吃什么。

她想了想，好像没什么特别的。

他追问，她便随意地说："水果。"

他每次与她一起吃饭，都会点一份水果沙拉。

一直到分手后，她每次吃水果沙拉，都会想起他。

【5】

如果不确定两个人最终会走在一起，最好不要一起去一些地方、做一些事情。

因为你会想起他。

还好这个城市多拆迁。他与她最后一次约会，是那一年的圣诞节，他说，一起吃饭吧。

在此之前，二人已经有三个月没有一起吃过饭了。

他们一起去常去的咖啡馆，已拆迁；一起去吃过的餐馆，正装修；再去另一家，不知道什么时候已经换了门面。

最终，在嘈杂的街边随意吃了点，霓虹在心里闪啊闪，她把他偷偷看了一遍又一遍。三个月未相见啊！当初是谁说的一日不见就没了活下去的勇气啊。

　　分别时,她才知道,原来他是要把她留在将要过去的一年里,然后重新开始。

【6】

　　他那些年待的公司氛围比较好,同事们常在一起聚餐,哪里新开了餐馆,同事们加完班,三三两两便去尝鲜。

　　他对她说:"每次在外面吃到什么好吃的,都想着要么下次带你去吃,要么我记着这道菜的样子回家做给你吃。"

【7】

　　下午茶,在许留山。

　　她点了木瓜椰汁雪蛤膏和芒果糯米糍,一点点地品尝。她想,这个下午哪里也不去,就用来做这样一件事。

　　对了,还做另外一件事——等电话响起,他问她在哪里。她回答:等你。

　　等风,等你;等雨,等你;等云,等你;等花,等你;等轰隆隆,等你;等淅沥沥,等你。

　　如果你觉得用下午茶的时间来等你不够,那么,请问用一生的时间来等你够不够……

第三章 惜君如常

我心里有过你

【1】

去参加一个婚礼。婚礼再无特点，也足以感动人。

穿着婚纱的她被父亲牵着手，门缓缓而开，她款款而来，他等在那里，那么近，又那么远，近到她马上就要触到他的手，远到她要跋涉小半生的光景才遇到他。

父亲将她的手交给他，说："从此我把她交给了你，希望你好好照顾她。"再拙朴不过的言语，交出的却是一生一世。

他不帅，没有人在意。他不高，没有人谈论。大家给予的除了掌声，便是祝福。未婚的女子想，我的他到底在哪里？真希望这样的一天快快到来；已婚的女子想，如果时光能够倒流该有多好，真想再次拥有这样珍贵而特殊的时刻。

早些年不喜欢参加婚礼，是因为参加几次之后发现所有的婚礼均大同小异。后来什么时候发生了转变已不得知，再遇婚礼，

不如随心去生活

一定到场,一为喜欢这份俗世的热闹,二为他人生命中重要的时刻,我希望自己在场。

祝福所有天下有情人都能走进婚礼的殿堂。每一对新人都不是顺风顺水而来,仅为他们在茫茫人海中觅得对方这一条,就已经值得前来赴宴的人放下一切来见证。

【2】

聚餐。昔日友人踏月而来。犹记那年我读初中,她读高中。她外向,成熟,爱笑,大同级男生一两岁,被称为校花。初见她,是一张照片,她攀于一株桃树上,桃花开得正好,如同她青春正好。

她有很多故事,我只关注一个。她最终恋爱,是和隔壁理科班其貌不扬的男生。从高中,到大学。

我见过正当年的她和他,也见过她和他热烈拥吻的样子。那是一个下午,我推门而入,看到她和他。阳光刺眼,泪水险些流下来。记忆里小窗是朝南打开的。

兜兜转转,中间又发生了一些事情,如果现在让我细细讲来,我都不记得究竟是什么事。突然地不再联系。隔着两条街的距离,却像是远到海角天涯,从此完全失去音信,彼此也不再刻意打听对方的消息。

再联系上,都已成了孩子的妈妈。我们一起约着去唱歌,小

第三章　惜君如常

孩子们唱，大人们听；大人们唱，小孩子们乐。直到午夜，街上行人稀少，我们一起回家，孩子们都迷糊入睡，我们大声唱着过去流行如今已无人问津的老歌，说着下一次是唱歌是聚餐还是游玩的约定。彼此像商量好了似的，对过去的事只字不提。

【3】

同事从南京回来，送了绿色的布艺本子给我。

她说，送你的礼物，一看到它，我就知道你会喜欢。

有些人相处数年，还不知道彼此喜欢什么；而有的人，刚刚相识，便对你的喜好谙熟于心。如此，无非两种：一种想要靠近你，一种心里有着你。

这两种都好。

最怕是心里有过你。

当初他问她，你喜欢什么？她想了想，没说话，因为喜欢的太多了啊。他像看懂了她，说，比如吃的。她说，水果。

他买了一些水果给她。

并不是每一次送礼物之前他都要问她喜欢什么。有时是她无意中说起，他便买来送她。她不无诧异，他的回答是：我想着你会喜欢。

后来，她很少再收到他的礼物。连生日礼物都不再是她所喜

• 不如随心去生活

欢的。

  再后来,她再也没有听到过他说"我想着你会喜欢"。他连她都不喜欢了,还怎么可能会想着她喜欢什么呢。

  绿色的本子上可以写字。喜欢过的水果还会再吃。生日年年依旧会过……而他与她,也只是应了那句电影里的台词:我心里有过你。

第三章　惜君如常

一个人不孤独，两个人怕辜负

去书店。书籍，音乐，饮品，最好不过择窗而栖，执一本书，慢慢来读，细细去品。

只一落地玻璃之隔，窗外窗内却是两个世界。角落里有灯，灯下有漂亮女子，偶有电话进来，小声说话，像是和一个男人，情话绵绵。她说："你要来啊，我等你。"

我没要等的人。之前有过。不过是逛书店而已，也要心仪的人来陪。看一场电影更甚，你要来啊，我等你，不然电影都不好看呢！

不知从什么时候开始，常常做一些事情，一个人。对他人没有期待，就不会有失落。

远的，一个人去旅行。近的，一个人去逛街，一个人去医院，一个人去吃饭，一个人去书店，一个人去看电影。

不觉得是一种孤单。每个人都很忙，不便打扰。

不如随心去生活

曾经以他为"闺密",他小我几岁,却从无隔阂。他初来这个城市时,认识人少,没有女朋友,我去哪儿他跟到哪儿,每天一起吃午饭,我吃什么他吃什么,每天一起下班回家。他住在我家附近的大学校园,周末了还约着带我家小男生一起在操场上跑步,一起坐双层公交车去游乐场,那些日子,由于他的陪伴过多,我家小男生对他的亲昵胜过爸爸……

我有两次自以为发生了天大的事在打给他的电话里痛哭不止,也曾在他的面前什么话也不说只是用他递过来的纸巾一味地擦眼泪。他不会安慰人,只是不知所措地递上纸巾,声音极轻地说,别哭了。

也是,痛哭时,并不想要一个安慰,也不想要一个答案,只是觉得眼泪该流时就让它尽情地流好了。事实上,我并不认为他会给出什么答案,也不觉得他的答案有多重要,但不能否认的是,彼时彼刻,想拨通的唯一一个电话,就是他的。

除此,从外地回来若需接站,他是这个城市里唯一一个我不管什么时间都可以打电话的人。

有一阵子因有急事,需人相助,我无所适从,彻夜未眠。天微亮,想起他。打电话给他,他连什么事都未问,也不问去哪儿,只说:"好,你等我。"

去做一件冒险的事。一路上,我讲,他听,一句多余的话未问,

第三章　惜君如常

仿佛是从天外而来的救兵，镇定自若地走完全程，轻而易举地将事办完。

对他的感激无以言表。回来，发短信给他，说："本不想麻烦你，但遇到难题也只想起你。"

在这之前，也很久不曾打扰他了。因为，他相亲，恋爱，结婚，做了爸爸。他身上具备了多种角色多种身份，不像之前，简简单单一个小男生。但是，即便这样，我们还是可以一起做些自认为可以做的事情吧，比如一起去书店，然后，一起看电影。

在书店，一桌相隔，他看他的，我看我的，看到兴致处会分享，用只有彼此能听得到的声音。他点了一杯雪梨汁给我，问我好不好喝。我看到书里有装修别致的阳台图片，会指给他看。他刚刚买了新房。我说，装修好后去你家做客，对了，搬家时别忘了喊我，我会像你帮我搬家时一样卖力。

看着，说着，雪梨汁不知不觉喝完了，电影要开始了。

抱了爆米花进场，他吃了几颗，说："你喜欢吃甜的，你多吃。"

电影好看。我看着，哭着。他递过来纸巾。像我之前每一次哭的时候一样。

电影散场。我们回家，一路上都在回味电影的前前后后。他送我到家门口，说："再见。"

• 不如随心去生活

嗯，再见。

看他远去，想一想，即便是无话不谈的"闺密"，也不便轻易打扰，毕竟他也有自己的生活。

人与人之间就是这样渐渐疏远的吧。每个人都有自己的生活。每个人都很忙碌。

不到迫不得已，不去打扰他人。况且，诸如去书店、看电影之类的事，若非情意相通，不如一个人。

多次一个人看电影。有时一场下来，零星地坐着三两人。还有一次，一个人包场。电影好不好看是次要的，主要是为度过一段时间，或为让自己被黑暗包围，想流泪就流泪，想欢笑就欢笑，想打盹就打盹，不用去考虑他人的感受。银幕是微光一簇，电影散场，日光照耀，像不是看电影，而是不被打扰地做了一个有声有色的梦。

去书店，更是一个人。很多人去书店不是为了买书，有的是为了等一个人，有的是为了打发一段时间。我一个人在书店，是为了让自己沉潜下来，时间无须多，也许就小半个下午。最好不过择窗而栖，执一本书，慢慢来读，细细去品。只一落地玻璃之隔，窗外窗内却是两个世界。

如果你恰好在书店遇见我，不必与我打招呼，因为，我正旁若无人地沉溺在自己的世界里，世界之外发生了什么，那一刻，与我无关。

第三章　惜君如常

再，也不见

去见友人，出了门发现地面微湿，细看发觉枝上有薄雪，以为是四季如街上行人般着急，直接略过了春夏秋转眼又到了冬。

觅不到路，折折拐拐几次，问了几个人，他们有的摇头，有的指给我方向，在寒风里走了几个来回，终于看到红色砖墙下，有着她的家。

她帮我拍去衣襟上的风雪，问我一路可好。我微笑着说，挺好。目的是见她，而不是讲路上的波折。

想起有一次赴约，杯中的茶水续了又续，我等他，从暖到凉，从繁茂到枯萎，就坐在那里，门开了又关，关了又开，进进出出那么多人，却没有一个是他。

我想，一定是他太忙，没关系，我等；我想，一定是他堵车了，没关系，我等；我想，一定是他忘记了时间，没关系，我等。

● **不如随心去生活**

    我为他找了许多个迟迟不来的理由，也让自己相信每一个理由都是真的。

    时间一分一秒地流逝，我想说累了，再也不等了。可又想，如果他推门而入因为迟迟不来而向我说抱歉，我会笑说没关系，我也是刚到。

    见到他是目的，而不把等待他的波折视为主题。

    告别后，友人送我，我们没有聊今天的雪，也不讲徘徊在心里的人，只是说"回见"，不承诺，不约定。

    山盟海誓又怎样，像我与他，非但不回见，而且是再也不见。

第三章　惜君如常

下一站，你愿不愿意跟我走

【1】

我说，如果你路过，请来我的房间看云。

我们看过夕阳下的云，看过环海路上的云。我们坐在露台上碰杯，讲自己的故事，星星无声，海水无语，却分明像是听进了各自的心里去。

你问我下一站去往哪里？

我说，哪里也不去。自我看到那扇窗，窗外有海，有白鹭，有大朵的云，小鸟在窗台上散步，我还想要去哪里呢，只待在房间里躺在床上看云，已经够了，但那是在没有遇见你之前。

遇见你之后，你走到哪里，哪里就是风景。

【2】

你问我为何一个人出行。

我答,是因为平日废话太多,想让自己静下来,停下来,看看这个世界。

然后做到——不争,不抢,不怨,不说。

【3】

"老了,真的感觉老了,一切都变化太大,再不说那些狂话,老了,纯真的心灵老了……老了,开始有了太多牵挂,开始习惯虚假,开始装得不再那么傻……"

我一个人倚窗而望,来来往往的人,没有人注意到我面前的餐桌上,是我刚刚点的鲜花炒蛋和蔬菜粥。

台上有人抱着吉他在弹唱《老了》。我听着,想着,将心情在随身携带的本子里记下。那时我还不知道会遇到你,也不知道在你面前,我确是老了,真的感觉老了。

【4】

我想和你一起走我未看过的地方和已经走过的路。

我要告诉你,这是我一个人吃饭的地方,那家小店我曾经去过,我住过的房间推开窗子就是花。

我还要告诉你,有小半个上午,我坐在这家旅行书店,时光不被催促,何等奢侈,喝无限续杯的茉莉清茶,看许多本关于旅

第三章 惜君如常

行的书，我在留言本上写留言。不是关于你，却想让你看到。

我带你来。我穿着吊带碎花长裙站在书架前的角落里，你拍下我取书的样子，阳光一格格洒了一地，音乐叮咚作响，黛青塔娜在唱《重生》：问你有什么值得哭泣，天空从未暗淡无光，除非你的眼中失去色彩，爱会在绝望中重生，看看天空他不变的寂静，这世间不能让人平静，拥抱孤独那永恒的美丽，爱会在绝望中重生。

【5】

我问你想要去哪里。你说，跟你走。

我寻清净之地，你便随我一同寻找；我找长椅歇息步伐，你便随我一同坐下。我路过一家店，听到一首歌住了脚，你答应我就此停下。

我们进去，从下午一点坐到近四点。我们不说话，只喝茶。看着来来往往的行人，你说拍婚纱照的新娘像美人鱼，我说新郎清瘦眉眼疏朗，做新人真幸福。

台上的歌者不管我们说什么做什么，下午茶的时间里只有我们两个顾客，他仍旧是抱着吉他，唱唱停停，停停唱唱。我问你是否还记得我们进来时他唱的歌，你摇了摇头，我笑了笑并未说出它的名字，只是在心里轻轻哼唱：我从遥远的地方来看你，要说许多的故事给你听……

【6】

你最喜欢拍天空。你说地球很美丽,想要在有生之年将地球美景看遍。

我们一起停住脚步仰首看云,我们共同赞叹它的美丽,我们一起吃饭喝茶聊天赏花,我们在溪边吃红豆酸奶,我们看夜空中的模型飞机在翻转,我们在海边吹着清风等待落日,我们骑着借来的单车去逛当地一年一度的庙会,我们乘车沿海去古城,我们看着海岸线找寻初识的地方,在那里,你为我拍过照,我帮你留过影……你给我讲你喜欢过的女生,你在电话里亲昵地叫一个人的名字,你给我讲述你在国外的学习三天前的出行还有偶然碰到的雨季……

你看啊,我们一起做过这么多事情,我怎能在离别的渡口不感伤?

【7】

我沿海骑行,他们说长路的尽头有美景。擦肩而过的车子疾驰着,皆是成双成对。坐在后座的女孩子长裙被风吹成小朵的花。我也穿长裙,一个人骑行在再也到不了尽头的长路,望望,还远;再望,依然远。每一次望,都像是看到了孤独的漫长。最终返回。

你等在返回的途中。只是我们彼此都不知道,你在去的路上,

第三章　惜君如常

我在回的路上。在最美的弯处,瘦树上挂着红灯笼,静谧的海水里映着一点红一片白还有全部的蓝。

你比我先停留在那里。你不是在等我。只是我来了。

我坐到海湾边,在本子上写字:傍晚六时,我在返程的路上,等待落日……

你的声音在背后响起:"请问往前面走还有多远?"

我转头,看向你,我向前方指了指,你就此停下脚步。

最后,我问你,下一站,你去往哪里?

【8】

有人在喝啤酒,有人在大声唱歌,有人在吃烧烤,我们坐在星空下,他讲他刚刚分手的小女友,你讲你清贫而卑微的年少。到了我,我笑了笑,才发现自己人生空白到没什么好讲。

讲什么呢?工作,朝九晚五而已;经历,过去的不值得一提;感情,我知道你们对它最感兴趣,但是关于它,我想保守一个秘密。

我对我爱过的人、我付出过的爱,从来是缄口不提,对了,错了,只要爱了,过了,也只是过了。

直到月色疲倦,露水清凉。我在楼上目送你们穿过庭院花影,挥手轻声说再见。我回到不开灯的房间,赤脚踩在木地板上,像谁人把白天镶嵌在落地玻璃窗上的整幅画揭了去,只留一扇泼了墨的窗子在暗夜的辽远里。

没有你,我好像一夜都睡在了旷野里。

【9】

你举着相机拍天空时,我停留在一家布艺小店。你说,我等你。

我穿上一条张扬的花裙子,跑过去问你,好不好看。你笑着说,好看。

我又穿上一条素雅的花裙子,跑过去问你,好不好看。你仍是笑着说,好看。

我买了下来,只花了三分钟的时间,我付钱拎衣跟随在你身后继续赶路。还有什么好犹豫的呢,你都说好看了。

【10】

那晚月亮很圆很亮,但它无法照亮我们前行的路。古城虽小,但兜兜转转,人声嘈杂,我们常常迷失方向。

你拍夜空中的月亮,你说十六的月亮格外亮,你的生日就在十六;你拍许愿风铃,刚一转头,我便被裹挟进了人海里。我看到你在急切地找寻我,我想晚出现一会儿,好让你为我着急一次;可又觉得你刚刚认识我还记不清我的面容,即便是找寻,也一时无法在人海中将我锁牢。

第三章　惜君如常

于是，我大声地喊你的名字。那是我第一次也是或许今生唯一一次越过人群大声地呼喊你的名字。

【11】

我们一起坐小中巴车，坐大巴车，坐出租车，坐公交车，只差没有一起坐飞机。你比我早一天离开，坐飞机。

我穿着那件吊带碎花长裙，它是我在环海骑行前一刻钟在一家叫作"流浪地图"的店里买的，我沿海而去，就是为了遇到途中的你。

我送你。穿着初见的衣裳，想一想此生也许再不相见，心都和衣上的碎花一样碎了。

你笑我突然而至的感伤。

不是对你万般不舍，是我原本一个人走着走着，来了伴儿，结伴而行，走着走着，我送走一个又一个，最后又剩下我一个人，走着走着，没了伴儿。

别过之后，还会有新的朋友，还会有别人向我问路，你还会问别人路，但是，那已经不是你，也不是我了。

【12】

你走后，我一个人去酒吧。除了歌手，空无一人。

• 不如随心去生活

我挑了靠窗的长椅,点了一支科罗娜,在本子上写下:晚上七时,你走了。

台上打手鼓的男孩通过话筒问我从哪里来。我说郑州。他说,谢谢你来,我为你唱一首《关于郑州的记忆》。

谢谢你来。那么,谢谢你来到我的生命中,我该为你送上什么呢?

关于你的记忆,还有很多很多。酒吧的人越来越多,他们打牌打赌恋爱起哄,却没有一个像我一样只是专注地做一件事——听歌。

打手鼓的男孩把手鼓换成了吉他,他唱:斑马斑马,你回到了你的家,可我浪费着我寒冷的年华,你的城市没有一扇门为我打开啊,我终究还要回到路上……

明天,我终究还要回到回去的路上,这个城市本就没有我们的家。

【13】

你离开后,我又结交了新的朋友。我们一起结伴而行,一起分享旅途见闻。轮到我说,我的答案和之前向你说的一样——只有三点最难忘:一方开花的院;一扇望云的窗;最后一点是——一个作伴的你。只是,除了你,我自始至终都没有向别人提及最后一点。

只要心中有景,何处不是花香满径?

哪怕只是一颗松塔,也能展现它最美的样子。

满墙的蔷薇绽放起来,都是骄傲到无理的样子。

夕阳西下,我的镜头中留下的是爱的背影。

日光倾城，我用手掌也能托起这份沉甸甸的温暖。

第三章 惜君如常

如果不能成为别人生命里的礼物，那么最好也不要成为别人生命里的麻烦。

有些时候，我认同这句话：做一个寡言心却有一片海的人。于生活，于工作，于路过我们生命的某个人。

【14】

歌里唱，我不是随便的花朵。

虽然我不是，但如果我 20 岁，我就跟你走，不管你下一站去往哪里。

只是，下一次你再问路时，可不可以不对另一个人说：你愿不愿意跟我走？

【15】

你离开的次日晚上，我坐飞机回到原点。

天亮后上班，路上，我特意停下来望了望天空，没有蓝的天，没有白的云，只恍惚记得你说过这一天会乘着飞机经过我的城市。

于是，我打开我在旅途中单曲循环听过的歌去听最后一遍：苍山洱海旁，你在我身边，这次的夏天和从前不太一样……

• 不如随心去生活

暮色

到海边,总是要看海上日出的。哪怕是要凌晨四点钟起床,走过长路,翻过小山。

去岛上,当然是要和渔家一起出海打鱼,小船晃晃荡荡,雨点噼里啪啦。

这样两件事,我执意邀上爸。

我之所以这样做,并不仅仅是他在我眼里年过六旬依然有着年轻的体魄,更多是我想着今年他在,明年他就不一定在,在的时候,该多体验一些才好。

如同,他不喜美食,不爱美景,可我想让他在有生之年,该吃的多吃一点,该看的多看一点。

我们一起去看海上日出,凌晨的海风沁凉入骨,长路尽头,还没到山下,刚还有星子闪烁的天空却突然落起小雨。我们返回,等待渔家醒来一起乘船出海。

第三章　惜君如常

他坐在船尾，穿着救生衣，好奇如稚子，观望着到了深处仍然一望无际的大海，还有渔家从海底捞出的一只只鱼篓，不是每一只都满载而归，但每一条鱼都欢跳着让死寂的大海瞬时充满生机。

渔家的年龄和他的年龄不差上下。渔家也有一个女儿，因为不喜欢这个小岛的寂静，选择了大城市的喧嚣。大海中央一艘小船左右摇摆，每天出海打鱼是这个父亲必做的功课。我想，若我是他女儿，留他在小岛，我只愿他看看海散散步搬着小椅子坐在风口吹吹风聊聊天。

我在心里一直不承认他的老去。但是他已然抵不住凌晨海风的沁凉和雨水对船只的侵袭，他病了。

由于是旅游旺季，在网上提前订的旅馆，住宿后才知道条件欠佳，尤其他的房间有一扇朝西开着的小窗，扑进来的不是阵阵凉风而是层层热浪。他发烧，不能开空调，一个人裹着被子蜷缩在床上。那一刻，我在心里暗许，以后凡带他出行，一定要住最好的房间。

一定把最好的给他，有人也这样认为。只不过这里的"他"是指孩子。我们带孩子来到这个世上，已经是最珍贵的赐予。孩子还有无数个时日，用来成长，用来赚取"最好的"给自己。而他不是。他已年过六旬，他已基本丧失了赚取"最好的"的能力。

- **不如随心去生活**

　　做父母的到了晚年，活着的所有依靠和获得，准确地说，应该全部来源于孩子。

　　我带他去看医生，沿着环海大道，昨天他还在海里游泳，昨天他还在沙滩上听我喊一二三蹦起来让我为他拍照，昨天他还在对着太阳落下的方向等待夕阳坠入海面，昨天……好像昨天他还年轻，今天却已经苍老。

　　都说孩子如风筝，手里的线被父母牵着。我却觉得他如风筝，手里的线被我牵着，怕稍一紧，风筝便挣脱了线，飞去再也不见。

　　走了好长一段路。他向来生病不爱就医，更何况是在异地。他心疼钱，对医院有抵触。我劝他，站他床前，蹲他脚边，吵他，说服他，甩了门不管他，最终又拐回来求他。

　　他终跟随我去，只是缘于我说"只当我们出去散散步，回来不耽误看落日"。

　　终于觅得一家诊所。他像个见了医生就紧张到不知所措的小孩坐在那里，听我将病情一一讲述给医生。拿了药，许是医生觉得病情不重没有建议打针，他也自以为病情减轻了些许，于是返回的路途中步伐矫健了许多。

　　终于没有误了看夕阳的时间。去时，我说昨天的落日时间是六时五十分。他没有看表，但当他找到人少的地方落脚到沙滩上时，他说，这会儿应该还不到六时五十分。

第三章　惜君如常

时间不到,夕阳却如黎明时的星子一样突然不见,被乌云遮挡。略有遗憾,他大半生已过去,以后的数年或数十年里,他看海和看海上落日的时间是有限的。我望他一眼,他抱膝蹲坐在沙滩边缘的岩壁处,像是把大海和与海水嬉戏的人们尽收眼底,又像是明明睁着眼睛望向远方眼里却空无一物。

我们没有急于离去,似冥冥之中知道上天不负美意,没有硕大通红的落日,却在天空与大海交际之处呈现出明亮的橘红色,和蔚蓝的大海相映成一幅大师也难以描绘出的美图来。正在海边涉水的我,面朝他的方向,大声地喊着:"爸,爸,快看天边,好美啊!"

他没有回应,只是坐在那里,看着海边的远处,看着天边刹那的美,当然,也看着我。

我仰首而望,按动快门,拍下被红霞烧透了半边的天,拍下蹲在那里一动不动的他。天,很远,又很近;他,很近,又很远。

我收好相机,背对着晚霞的方向,走向他,一声不响地蹲坐在他的身边,和他一起做着同样一件事情,看晚霞淡去,看暮色渐隐。哪怕一句话不说,只要在他身边,他便不再如我回望他时那般孤单无助,像个小孩。

• 不如随心去生活

为你，我创造一个清纯的日子

她穿着美丽的裙子，小朵的花盛开在胸前。

一起外出，去酒店就餐。走在路上，我想，有一天，我们将彼此相伴，去往更远的地方。途中有山，有水，有我，有她。那时候和现在一样，情意充沛，我爱谈天，她爱笑。

她爱笑。在清晨醒来，不知是晴天阴天，也不知这一天要发生什么，睁开眼就笑，笑得响了声，笑得没了眼睛。

看她笑，我也跟着笑起来。不管昨夜是否疲倦，也不管这一天将要面对什么，就是那样在她面前没有理由地开怀。

她常独自一人待在那里，不知道在想些什么，更不会说些什么。她的眼睛，有着星子的晶亮，也有着晴空的色彩。她目送我离开时，没有不舍。我回到她身边时，她也不迎。每次离开她，哪怕只有一个房间相隔，我都觉得她会孤单，想快一点回到她身边。

我看书，写字，写有关她的日记，坐在她身边，最近的距离。

第三章　惜君如常

写几行字，看一眼她，好像自己在素描，不看就会忘却她的面目。

我给她的时间不太多，有时一边煮饭、清洗、浇花——足够。我做这些事的时候，会唱着歌，也没什么调调，只是随意地哼唱，近了，声音小些，远了，声音大点，我要她听得到，知道我在，知道我是快乐的。

我是快乐的，我是笑着的。在她醒来的第一眼，在她看到我或没看到我的时候，我都要让她知道。

她也爱哭，常常莫名其妙地哭。我知道，她没有别的要求，只是太过贪恋怀抱的温度。我对她软声耳语，告诉她，我在，我在。她渐渐懂我，哭声变小，直至停息。她强于我，懂我的声音，懂我的笑容。此外，我也不管她懂不懂，就说很多很多的话给她。她多无回应。我像一个恋爱中人，很想走进她的心，想知道她在想些什么。

我不懂她的那么多，不懂她缘何常常盯住一个地方长时间地看，哪怕只是白色的墙壁，窗前的亮光，瘦了的花影。好奇如稚子，这稚子，说的就是她。我的面庞，也常常被她目不转睛地盯着看。这也只有恋爱中的人才能做到，像失散许久，终于相认，看着对方，再也看不够。她是看不够我的吧，我的脸上如同开了花，亮了光，吸引着她。她看得我呼吸轻浅，看得我心旌摇曳，看得我与她对视，犹如看到自己的前世今生。

不如随心去生活

前世,我不知道自己与谁相伴,也许我们还在今生互相找寻。今生,相伴的人已有很多,她是重要的一个。我会像她一样,穿上美丽的裙子,与她一起,路过高山,路过湖泊,路过森林,路过沙漠,路过人们的城堡和花园……有人说,她像我。也有人说,我像她。

那应该是很久以后的事了吧。现在,我将要去上班,一个上午也只是离开她两三个小时,可为什么总有点点轻愁笼在心头?我再也不能时时刻刻与她待在一起了,我想她,像想念远方,也像身在远方的人想念归途。

"为你,我将创造一个清纯的日子,自由得像风并周而复始,如同绽开的浪花重重。"休假结束,清纯的日子已经成为过去。明天,我会将她装在心里,重新踏上通往这个世界的路途。我知道,她也会想我,从这一天开始,一直贯穿她长长的一生……

——写在我亲爱的小女孩来到这个世上 57 天之际

第三章　惜君如常

我可否寄赠你一朵夏日

有花一朵，名为凤仙花、女儿花。我偏爱它的另一名：指甲草。

茉莉、栀子、红茶花都一一萎谢，唯它亭亭，一朵接一朵地开，粉的，紫的，红的……爱美的小女孩想要摘了去，蹲下身，一朵又一朵，小心翼翼，怕触疼了它，又分明是迫不及待，在手心里捧着，看了又看，闻了又闻，就差蹦蹦跳跳欢快而去。

小女孩睡下的当晚就做了梦。在梦里，她倏忽长大，十指涂着红指甲，人人都夸好看，她嘟起小嘴儿说，是用指甲草来包的哦！

我有我的指甲草。妈妈在檐下种了它，见它朵朵开得红，央我搬来，说你有空了包红指甲，小时候的你啊……

小时候的你啊……每次一讲，妈妈的视线都拉得好长好长。也是，小时候离我那么遥远，我都记不清什么样子了，妈妈却历历在目。

那时候我是小女孩，那时候我爱美，那时候我十指包了指甲

• **不如随心去生活**

草,被妈妈声声叮咛,睡觉的时候不要动哦,不然第二天醒来指甲就红得不好看了。那样的一夜很是漫长,盼了又盼,梦了又梦。天亮了,梦醒了,指甲红了,小女孩长大了。

长大的女孩依然爱美,只轻轻一涂,十指便有时红,有时紫,有时黑,有时蓝,每一种都是夏天的颜色。只是啊,涂抹指甲油时,不仅缺少了花朵的馨香,还有着异样的气味。所以,当长大的女孩看到穿着碎花裙蹲在指甲草旁的小女孩,像是一眼望到了自己的小时候。

来,小姑娘,我用指甲草为你包指甲,摘下花朵,加明矾捣碎,放一点点在十指上,用桑叶包裹,细线轻系,睡觉的时候不要动哦,不然第二天醒来指甲就红得不好看了……

雨后,晚霞又起。红了十指的小女孩又来,看到摘了又开的指甲花,像看到邻家的小伙伴一样,蹲下身来,亲昵地唤它的名,抚它的身。

见她对花朵如此爱怜,我把她看了又看,好像在看多年前的自己。末了,我央她摘下花一朵。她好奇地问我,你也要包红指甲吗?我笑着回答——

我已经长大了,不过在远方我有很多的小女孩,我要寄一朵给她们,她们会知道,我寄的不仅仅是一朵花,更是一朵夏日。

第三章　惜君如常

你的童年是小村庄

遗忘有一把竖琴，记忆用它弹奏无声的忧伤。你的童年是小村庄，可是，你走不出它的边际，无论你远行到何方。

——阿多尼斯

要回到家乡去。尽管它现在已经不是原来的模样，也要回去看一看。那里没有什么，也许只有一个老祖母，守在屋檐下，用浑浊的双眼将你回来的方向望了又望。

他们问我，你回去做什么？

的确也没什么重要的事，也没有谁是要特别去见的，只是当有一个长假摆在面前，在大多数人选择更远的地方时，我选择往回走，那里清净，人少，植物多，面孔有的熟悉，有的陌生，有的看似熟悉却又陌生，荒芜的院子里除了青苔，还有我童年的秘密和少年的足迹。

• 不如随心去生活

很久以前，听她说起过一个愿望，想去他的家乡看一看，看看生他养他的地方。

经典日剧《东京爱情故事》，赤名莉香听完永尾完治讲他小时候的事，无限憧憬地说，好想去完治的家乡看一看啊！

后来莉香失踪，寻找多时无果，完治突然想起莉香说过的话，于是回到家乡，拿着她的照片逢人就问，你看见过这个女孩吗？

终于，他找到她。在他中学的操场上，她一个人打篮球，一下，又一下，朝球筐投去，不知疲累，也无挫败感，是不是击中喜欢的人的心也是这么难？

他带她在家乡走上一走，她什么样的景色没见过啊，但是没有地方比这里更让她向往，因为它收藏了他所有的过去，他出生在这里，他学走路在这里，他读书在这里，他打篮球在这里，他暗恋的女孩也在这里……她好想好想知道他的一切，她对他暗恋的女孩说："真羡慕你啊，那么早就认识了他。"

他在读过的中学教室墙壁上看到他的名字旁边，多添了一行字，那是她的名字。她说："完治，终于用这样的方式和你在一起了。"

……

很多去过的地方，很少有机会再去第二次。但有一个地方，

第三章　惜君如常

一生去过无数次,哪怕它现在已改变了模样,你还是会在梦里见到它,长时间不见还会想见它,不管有没有人愿意和你一起,你还是会走向它。

它的名字是家乡,是你启程的地方。

• 不如随心去生活

告别

　　回乡下参加一个葬礼。

　　从小生活在乡下，居住在城市之后甚少回去。再回去，不是清明节，就是参加某个人的葬礼。

　　先逝的人，均是我多年不曾见的。偶尔回去，也是急于亲近植物、山坡、羊群，哪怕箱底泛黄发霉的写有我少时字迹的纸页，都让我在回望少时光阴中充满眷恋。反而对那些小时候抱过我的人，关心过我的人，比当下认识的多数人都还要亲近的人，疏离到像是婴孩脱离母体斩断了脐带一样，除了血脉相同，再无任何交集。

　　也不是刻意地疏离，是日久不见，年月积得多了，渐渐地，相见虽不像孩童"笑问客从何处来"，至少会在相见的瞬间迟疑片刻，他识不得我的面孔，我记不起如何称呼他。

　　他生时，我们不见；他死时，我必须要回去，不管我在哪里，

第三章 惜君如常

都会被族人唤回去。

我有种种的不情愿,这一次,又逢周一,我格外忙碌,由我主持的两个重要会议要开,有几件紧急的工作要完成,能不能不回去?

最终拗不过,回去。出于礼节,要我哭,多年不见,泪水学不会说来就来。乡俗丧事礼节又多,死去的人看不见,种种礼节都是做给活人看。哪一点做不到,便会在背后被指指点点。

人的一生就是,小时候像看热闹一样看丧礼,长大后参与丧礼,最后自己成为丧礼的主角。

小时候看过许多场丧礼,这个小村庄陆续添了许多晚辈,有晚辈来,自有前辈去。唯一印象深的是小山的母亲去世。

小山生得好,又善运动,我们上小学,我因为与他同桌,遭许多女生嫉妒。小山父亲是老师,我入小学一年级,小山同年也入小学一年级,小山父亲任教。小山父亲面相和善,我却怕极,也不是怕他一人,离开学校之前好像怕每个老师。

小山家在村庄的西南方,他放学回家要穿过一大片梨园,春天的时候,那里总是盛开着满园的梨花,善运动的他最爱跑步,我们都叫他飞毛腿。每次放学他都是跑步回家,穿过梨园时,他足下颇似生了风,梨花雪一样在他跑过的地方飘落。

我那时和班里的小女生一样喜欢小山。他父亲订了不少类似

• **不如随心去生活**

于《儿童文学》《少年文艺》的书刊,我和小伙伴凭着借书的机会,在月夜穿过树树梨花,伏在小山家的围墙外,等他送书来。

小学五年级那一年,小山母亲因和他父亲赌气喝农药自杀了。我像对待以前的每一次丧礼一样前去围观,不同的是,我看着小山跪在灵棚那里一直头也不抬,我的眼泪啪啪地掉下来,又怕别人看见,只好躲在梨园里靠着一株花树小声地哭……

很多年过去。我这次回去,参加某个人的葬礼,却听到小山父亲去世的消息。也是在几天前,数十年间从老师做到校长,刚刚才退休的他,夜行时被一块小石头绊了脚,头部流了一点血,自此再也未睁开眼。已经不是五年级小学生的小山跪在灵棚里边哭边扇自己耳光,直怪自己对父亲孝心不够,醒悟时却又来不及。

我听着,再看着眼前自己参与的丧礼,再也不见的树树梨花一如半生风雪,染了记忆。

我哭了。看着逝者被抬进棺木,看着棺木一点点合上,她躺在里面,尽管铺了棉被白絮,可我只看着,便觉得她躺在那里好冷好冷。

我哭了。看着棺木被埋进土里,一点,一点,再也不见。从此,不仅仅是阴阳相隔,而是死去的人在地下,活着的人在地上。

小山的父亲也被埋在这片坟茔里,所有出生在这个小村庄里的人,除了出嫁的姑娘,死后都会被埋在村后的坟茔里。从村庄

第三章 惜君如常

出发，越过坟茔，不远就是杏林。我小时候不怕死人，不懂得别人的悲伤，把别人的痛苦视为热闹来看；随着渐渐长大，学不会面对孤独，走夜路时总要绕过那片坟茔；现在看着那片坟茔，每一个都觉得亲切，因为里面埋葬着的，不是我的亲人，也是我的族人，是从小看我长大，再相见总归面熟的同一个小村庄里的人。

至于杏林，每到春天，杏花纷飞，一如记忆里的梨花，不同的是，杏花带来的是另外一个故事。

车子慢慢远离小村庄返城时，我原来自以为很重要很着急的事也不觉得有多重要多着急了，反而认为，再重要再着急，也比不过见一个曾与你相关的人最后一面。

车子终于远离。我靠在车窗上，红了眼睛，梨花不见了，杏花凋谢了，下一次再回去，不知又是谁死了，终有一天，我也会以同样的方式与这个世界告别。只是，我不知道，那时的自己会埋葬在哪里，又有谁会为我哭泣。而我快要离世的心会不会喃喃地对活着的人说：对不起，我耽误了你们的时间，有很多很重要很着急的事等你们去完成……

• 不如随心去生活

你所过的正是你想过的生活

从杭州回来有一些日子了，有时驻足于街头，看人潮汹涌，会想起你来。

初见，在西安。杂志社招聘两名编辑，刚好是你我。见我同你一样是新人，你好似找到同类，笑笑地跟在我左右。办公桌并在一起。吃饭在一起。下班在一起。就连周末也约了一起爬山。玉兰花，大团大团的白，你我站在花下仰首而望；樱花纷攘，挤成一簇又一簇，你我席地而躺，笑得没了眼睛。我特意买了相册，把定格的你我一张张按日期排序，以为这样，就可以开启新的人生。

西安，除了你，于我来说，便是工作。你彼时也是知道的，我好强，工作要做到最好，因此也时常莫名地在意领导是否认可，就连穿衣也要迎合同事的目光。不像你，常穿一身洗得发白的牛仔，赶路慌张，下了雨就不来上班，薪水微薄也不计较。我一直以为，在你的人生里，工作只是很小的一件事。

第三章　惜君如常

直到一个下午，像从前一样，下班，走到分别的路口，你突然蹲下身来，毫无征兆地抱头哭泣。明天就是新年的第一天，赶路的人们都在计算着过去一年的收获和新一年的打算，你也不例外。你哭着对我说："我所认为的恬静人生，是过与世无争的生活……"

我想要的，已经得到，工作做到了最好，只是人生突然改变轨道，不得已要离开西安。你送我，火车驶出很远，你的身影越来越小，我的泪珠却越来越大。

你开始一个人独行，周边所有的山都认得你，因为你常常独自攀登，累了就停下来和花草说话。

我再回西安，已是5年后。你的他突然离世。你在电话里讲给我听，语气平静到像是讲述别人的故事。我去看你，你在大雨中迎我，湿了长发和衣角。

再一次和你告别，我放心不下你，那么淡泊的你，命运却丢给你如此巨大的难题。我发短信给你，字也不多，只说三两字，要坚强，或要开心。你有时回，但多数时候不回，就连博客里也没了踪迹，你以前最爱写的诗断了行，已经签约的长篇也无了声。偶尔接到电话，你告诉我在火车上，不知去哪里，也没有方向。

只有一次，你约我春天去云南，最接近天堂的地方。你说没有坐过飞机，只有跟着我到机场才不会因为什么都不懂而被他人

不如随心去生活

笑话。那么洒脱的你，什么时候开始变得这么小心翼翼？

依旧没变的是我。我失约了，因为不管在哪个城市，把工作做到最好仍然是我最看重的。我总想着，春天还有很多个。没想到的是，你再次给我打电话时，已在杭州。仍旧约在春天，只是我这次赴约的目的是参加你的剃度仪式。

我从惊讶到接纳，更多的是歉疚，好像是我没有照顾好你，你才一时迷了路。离杭州并不远，我却选择了坐飞机去，看云朵时，我想起你；飞机颠簸时，我想起你；连空姐发面包时，我都想起你。我想弥补错过的那一路。

五更风雨一青灯。木鱼声声中，我见到一身素衣的你，泪霎时而下。你平静如初，合掌为礼。那山，那院，那树叶沙沙声，就连那静寂湖水里的倒影藏着的玄机与暗语，仿佛都是你懂的。

从此，纷扰的尘世再与你无关。你再来的短信里，有滴滴三更雨，有浮生一日凉，有乱蝉山明和甩着风的空衣衫。你资助了甘肃的三个孩子，你说要欢喜，要柔软，要开阔，要利益更多人才好。

我有天加班到很晚，驻足在街头，心里很是疲惫，短信你。你回复我：你所过的正是你想过的生活，人人如此。

仅这一句，我便心下释然。你所过的正是你想过的生活，其他，何必再去计较。

第三章 惜君如常

凡我所爱过的美,一定愿意它们被深爱

朋友之间,除了陪伴时相赠的光阴,还应该有随礼物而来的惊喜附赠。

我匿名寄她礼物,在网上挑选又挑选,想她应该喜欢。她收到,果然欢喜。她拍了照晒在朋友圈,并找寻送礼物的人。我暗笑,想点赞,怕她猜到是我,又收手。她来问我,我说:"不是,应该是暗恋你的人吧。"说完,自己又嘿嘿傻笑,好像暗恋她的人真的是我一样。

我不必暗恋她,因为爱她,我完全可以说出来,让她知道,让她的家人知道,让全世界知道。

几日后,她终于明了礼物的来处。她说:"我的他知道是你,终于放心。"最后对我说:"爱你。"

而我与她相伴十一年,仅一面之缘。

还有一友,我至今与她未见,选了礼物匿名寄她,她收到,

• 不如随心去生活

没有讶异,猜到是我,写:亲爱的心,沉沉的情意收到了,好喜欢!简约而灵动,仿佛是你我不泯的少女心。

我曾经有很多愿望,想在有闲的时候一一去完成。但若问我当下如果有闲最想做的事情是什么,我一定会说:送礼物赠予爱我的人,让他们知道他们给予我的,哪怕很小很少,我都放在心上,不是不回报,是时候未到。

爱我的人们啊,如果你们目前尚未收到我所赠予的礼物,请记得我每天写在这里的文字也是礼物,我随身携带的本子里有这样一段美好的摘句,同样附赠你们:

> 我要把我所有遇到的美都自私地打上标识,注明"有赠"给你们。那一切美不属于我,它们是自由的云、清冽的风、飘渺的花香、流丽的鸟鸣、婴儿的微笑、亲人的热泪、情人的拥抱、友人的信赖……愿意我所倾慕的、热爱的一切美,都被你们得到和珍爱。凡此种种,写不尽的人生之美,可持赠君。感谢生命,有得到,有赠予,有得之欢喜,有弃之无憾,有怀抱着的甜蜜,有放手时的坦然……

如果哪天你收到了不知是何人寄赠的礼物,不要讶异,也不必猜测,它不是来自天际,而是来自靠近你心最近的,心。

第三章　惜君如常

有人风雨夜行，有人梦里点灯

收拾旧物，看到一叠信件，装得齐整，却也泛着岁月的痕迹。

是一个小女孩写来的，彼时她 13 岁，是我的读者。写小小的字，每星期都用大信封装着，满满当当地寄给我，有时这封还未打开来看，那封已经抵达案头。小女孩心里载有许多心事，再大的信纸还是盛装不下，连大信封的背面也都写得密密麻麻。

小女孩的心事无非是父母离异，成绩一般，同学排挤，暗恋学长。只是，她在信件里讲述得热烈，字又写得乖巧，好像落笔即是郑重的，让人禁不住想要把信也是她遥遥寄来的心多看几眼。

于是，后来我哪怕辗转过多个城市搬过多次家，依然保存着这些信。

很多年已经过去。小女孩应该已经长大了吧。

我将信件一一展开重新来读，读的不仅是她，还有彼时正青春的自己。这些年我写过太多的字句，有的人在意，有的人鄙薄。

• 不如随心去生活

　　小女孩不同于其他人，她会将我写给她的信或她在杂志里看到的我写的长文短句都一一抄写下来再寄回给我。所以，经年之后重新读她寄来的日记本，和日记里抄写的那个我，我一边小心翼翼地手捧日记里那个脆弱的她，一边对她抄写的那个我感到既熟悉又陌生。

　　写下那些字句的是我吗？每天都在忙着往前赶路，极少往回看，连自己都不认得自己。只是，长大的小女孩，她一定会怀恋少时纯真的自己，还有那些慎重的心事吧。

　　我在众多许久不联系的 QQ 号里找到她，试探着问她：请问你是多年前写信给我的小小的 X 吗？你还好吗？我一直为你收藏着你的青春，如果可以，我把这些信件和日记本一起寄还给你可好？顺便也把你的青春寄还给你。

　　几日后，收到她的回复：

　　姐姐，那些可以留给你吗？因为是给你的，你永远都是我记忆中的美好，而且，我觉得那时候的自己好傻，只有姐姐能够接受那样的我吧。最近我为了梦想正在努力奋斗中，从未有过的感觉，好像到了人生中不同的阶段，成了一个全新的自己一样。离开认识姐姐的那个年代，后来的我懂了很多事，固执过，偏执过，成为过一个自己喜欢的人，也成为过自己不喜欢的人，所幸时光可以掩埋很多。不管怎么说，姐姐你是那段时间一直陪伴着我的

第三章 惜君如常

人,也是我那个时期的精神支柱呢……

看她留言时,看到她空间里的普吉岛旅拍,每一张都有着海水的蓝,云朵的白,连照片里女孩的笑都明亮到夺目。不知道是不是长大后的她。她当年把所有秘密都交付给了我,在长大的过程里虽然联系甚少,但16岁的她第一次去看海时寄了一瓶海水和细沙给我;18岁成年时在网上留言给我,哪怕只是一句话:姐姐,我终于成年了;22岁时有了牵手的男生也不忘告诉我:早就在心里暗下许诺,有一天找到自己真正喜欢的人,一定第一时间带他去见你……

一直未曾谋面,彼此长什么模样似乎不重要。在我心里,她永远是那个躲在教室角落,把头埋得低低的,将所有心事一行行写给我的十几岁小女孩。

每次遇到那些小女孩,我都有种与青春相逢的刹那恍然。尽管她们已经不再是当年写信给我的年纪,尽管她们像早早出发的风距离我越来越远,但在我心的一隅,那种天真丰盛早已被收藏,名字已模糊,长相未识得,又有什么呢?陪伴一程,目送她们走,守候她们回,想想彼此的人生已是山长水远。

我继续把小女孩的信作为旧物收藏着,也再未留言给她,就在她生命里饰演这样一个角色吧,需要时,永远在;不需要时,不打扰。

• 不如随心去生活

不久后的一天,收到一张明信片,没有落款,上写:有人风雨夜行,有人梦里点灯,前者是我,后者是你。

应该是很多小女孩中的一个。终有一天,她也会成长到如我般年纪,然后在别人夜行的路上,如萤火一点。一点,对于正需要的人来说,也是光。

第三章　惜君如常

只要内心喜欢，就是对的

和女孩子牵手，是很久以前的事了。

总有一两个、至多不超过三个的好友，在极为年轻的时候，关系亲密到可以牵手，一起走在街上，晒着太阳，迎着晚风，逛街，约会，也许什么也不为，只为走上一走。

在不识爱情的年纪里，同性的爱胜过一切，牵手是常有的事，放学，一起玩；饭，一起吃；周末，一起逛；即便是课间去卫生间，也要为了在一起手牵手走上一走。

渐渐放开了手，没有发生太大的事，只是有了小误会小矛盾，放在心里就成了天大的难过。

我们为一些事情难过，往往是因为识人不多，眼界不宽，格局不够，如此才导致小事成为扎在心中的一根刺，拔也疼，不拔也痛。

放开了一个人的手，还会有另外一个。友情不像爱情，不可备选，不可同期，于是重新上演牵手大戏。春有风，秋有月，两个人，或三个人，牵着手一起度过。

最终还是会把手放开，不管有没有发生什么事，有相聚，便有别离，茫茫人海，不是所有相遇的人都会共度一生的，毕业纪念册上大写的永远，明明是诺言，日后想起时却成了大大的谎言。

哪里有永远可言？如果有，永远有多远？我没有答案，我只知道，很久很久没有牵过一个女孩子的手了。在街上看到手牵着手的女孩子，会紧跟其后，一边回想，一边艳羡，真想走上前去告诉她们：不管以后发生什么，不管期限有多久，你们一定要珍惜啊！因为，并不是所有的人都有手可牵的，也并不是牵了手就可以走一辈子的，所以要珍惜啊！

是爱情占了上风，且隆重地、不可替代地成了生命之重。所有的人都退居其后，唯有他，一边唱《牵手》一边牵起手，走啊走，走啊走，雨天牵着，怕湿了身；雪天牵着，怕跌了跤；夏天牵着，怕晒了太阳；冬天牵着，怕吹了冷风，心里有着，就想这样牵着手，一直一直，从心动到古稀。

但华发未生，手已经放开，不是不再相爱，也不是不在一起，是久了，牵手的感觉从大手牵小手变成了左手牵右手。

最多挽起臂弯，他的，或者她的。牵手，当初那么那么简单的事，手只轻轻一伸，或伸也不用伸，不知怎的就握在了一个人的掌心，

第三章　惜君如常

而现在再去做却是难上加难。少有密友是其一，更多是不管与他还是她，都甚觉于众人面前牵手，是在做一件极难为情的事。

于是，但凡看到牵手的恋人、牵手的友人、牵手的老人，都会觉得他们握紧的是手，散发的是爱，传递的是能量。

不曾想，今日我也与人牵手，是一个女孩子，入职不久的小同事，约了一起去小店探衣。转乘地铁时，她牵起我的手，也许是我牵起她的手，不知什么时候，两个人的手牵在一起，下地铁，上电梯，在地铁站穿梭，人来人往，我们彼此相牵，心间陡生暖意，不知有没有人在背后，像我先前一样，紧跟其后，一边回想，一边艳羡。

是啊，走来走去的人很多，牵手的却没几个。和女孩子的手不知何时分开的，就像不知何时牵起的。从地铁站出来，我提醒她车多要当心，话未完便顺势牵起她的手，晒着太阳，迎着晚风。

而于其他人，自此，他或她，只要心里藏着欢喜，我都会牵起他或她的手，走在街上，像为这个嘈杂的世间添奏美妙的旋律。也不管他人怎么看，只要内心喜欢，就是对的。

• 不如随心去生活

我与你相会在日落时分

去附近校园散步。葱郁树木。玻璃花房。操场上大一新生正军训。我涉水而过,看蝴蝶飞过花丛,听喷泉汩汩而出,斜阳落进林间,我寻一只石凳而坐。

姑娘也坐石凳,与我隔了石桌。她看书,安静到仿若世界只有她自己。我怀抱小姑娘,顺势歇脚,想给小姑娘解说解说,如同刚刚给她解说蝴蝶和斜阳,但又怕打扰到看书的姑娘。

姑娘抬头,说:"你来坐这里啊。"又说:"我有事要走了,可是刚才有一个女孩说去去就来,委托我帮她看东西,但她到现在也没来,我也不认识她。"姑娘面相姣好,眉目亲切,像辞职归家的同事,我有时想念她。

桌上,一瓶清水,两本书,一本在下,一本在上,在上的摊开着,是东野圭吾的《放学后》。

姑娘走了。我接替她,守着两本书,一瓶水,像认领了重要

第三章　惜君如常

的任务。

我怕有人误领去了，特意问姑娘，女孩什么样？答：像我一样，长发，穿白色上衣，衣上有花。

长发、白色上衣的女孩不止一个，斜阳已晚，来来去去，没有人在石桌前停留。

姑娘折回，担心我离开，问女孩回来没。我说："没回来，放心，我会等她，直到她回来。"

操场上的号子一声比一声高，但抵不过微微清风一缕又一缕，小姑娘在怀中舒服眠去。我拿开《放学后》，下面那本是出版学。呀，更要等她，问她喜不喜欢、想不想，我们一起做同事，可好？

终于，她来了。手执两杯炒酸奶。远远走来，越近，越缓，再近，迟疑。我问："是你的书吗？我等你多时了。"没得到正面回答，只听："我怎么看你这么面熟呢？"她说出我的名字。

轮到我诧异。她说了一个名字。啊，是你？！

女孩子不是十八，却大有变化，越来越好看，我细看了她，果然长发、白衣、襟上有花。

原来是同行，曾见过，印象不深。不承想在这里遇到。二人惊呼，若陌路巧遇，真不敢相认。

她带炒酸奶给留守帮她看书的姑娘。姑娘已去。我不喜冰。她吃一杯，留一杯。

• 不如随心去生活

　　她说隐约记得我那时梳麻花瓣。我说好像你那时爱做手工。其他无太多交集，好像也没什么好说。

　　不知从哪里聊起，讲到远行。还有在我看来遥远到天际的西藏。她说，刚刚去过，用一个月的时间，一个人。去过，是远的，也是近的。

　　她讲西藏，从火车出发的那一刻起，一直讲到火车把她送回家，途中经历许多奇妙的事情，遇到不少离开仍会思念的路人，收获美景无数，想给每一朵云取一个名字，希望把所有路过的地方盖上邮戳，康定、稻城、亚丁、理塘、芒康、林芝、拉萨、日喀则……

　　电影里说，去爱一个人，攀一座山，追一个梦。有关她的感情，她不说，我也不问。谁又没有爱过或正爱着一个人？山，她攀过；梦，她追了，不仅是西藏。她徒步，从一个城到另一个城。她每天早上五点半起床，煲上喜欢喝的粥，步行到校园晨练，向一棵树问早安，想象前一夜河面泛起的白色月光……

　　原来，我们在同一座城市，在同一个时间点，做着同样的事情——关于清晨，关于生活，关于心里住着的那首不知名的诗歌。只不过，我在高处观看日出，她在林间倾听鸟鸣。

　　离开的姑娘又回来，说："我一直挂念，想要再回来看看。"听到等人的和等的人原本相识，轮到她惊呼，这么巧？

阳光洒在石板路上,暖意融融,虽留不下行人的脚步,却可窥见岁月的痕迹。

花朵绽放在枝头,昨夜的悄悄话也一定被它们偷听了去。

去爱一个人，在他的城市，攀一座山，见一处景。

水天一线,雾霭蒙蒙,每一艘小船都是我对远方的思念。

第三章 惜君如常

姑娘坐下。三人围桌而谈。不,应是四人,还有我怀里已醒来但乖乖听故事的小姑娘。

姑娘吃着炒酸奶,讲着动人的故事——一边在中学任教实习,一边课后到教室复习考研,梦想是成为电台夜间主播或杂志编辑,做老师也还好。

我说,你只管去实现你的梦想,考研也好,做老师也罢,祝福你成功,若不成功,来找我,我帮你实现做杂志编辑的梦想。

……

夜色已沉,直到灯火通明,我还不想回家。军训的口号还在,林间的微风也未停息,我们三人安静地说完话。

互加微信,告别,道晚安。四口人一起回家,看看候我多时的他,想告诉他,每每遇到面容姣好心灵美好的女子,我都希望他不要遇见她们,好在他眼睛里看到的只有我;看看走在我身边快和我一样身高的儿子,想告诉他,每每遇到面容姣好心灵美好的女子,我都希望他快遇见她们,但是他还没有长大,所以,那些面容姣好心灵美好的女子,请你们自由地做自己,像你们路过的云,听过的风。

还有我怀里的小姑娘,你一定像一棵树一样,虽然不言不语,却把我们今天所有的对话都听了去,长大后你有空也多出去走一走,这样才能有更多机会遇到惜缘之人。不要以为你遇到的每个

- **不如随心去生活**

人都很普通,即使是再普通不过的人,也有精彩的故事可以讲,你一定要好好听哦!

第三章　惜君如常

请代我向这个姑娘问声好

黄昏到来之前,我跑去看她。

她说:"新搬的地方不好找,你若找不到,给我消息。"

怎么能找不到呢?她在人群里是与众不同的,她居住的地方也应一样。尽管在一个稍有年代气息的家属院里,但不是每家都有大大的落地玻璃窗,也不是每家门口都种有蔷薇。准确地说,我是循香而去,她门前有茂密生长的洋槐,我正在树下犹豫,风带来若有若无的香,细看门上粉笔写有浅浅的"晓"字。

敲门,声声唤她,晓野,晓野。她有别的名字,我偏喜欢这个。

晓野生得清灵。初识她是三年前,彼时她在路边开着小店,卖衣服,清一色的小文艺风,店名叫"花与爱丽丝"。我上下班匆匆掠过,少有进去,一次再路过,看到小店锁了门,挂了牌,上写告示:我去看海了,等我回来。

那是夏天,她和她的他跑去看海。

• **不如随心去生活**

我等她回来，进店挑选衣服，衣服偏少女，尽管我有颗少女心，但一向认为什么样的年纪穿什么样的衣服，所以哪怕喜欢，也觉得不再适合自己，好在挑着聊着，选了件海蓝色的连衣裙，只当我把海的颜色穿在了身上。

那天聊得多，不仅仅因为我喜欢海，也因为她说很少有顾客知道岩井俊二的《花与爱丽丝》，她们都好奇她为什么给店取这样一个奇怪的名字。她只笑笑，不作答。她说，懂的，自然会懂，无须多言。

我们聊看过的海，聊岩井俊二，聊《花与爱丽丝》，也聊衣服，和店里淡淡的香。她说，香来自角落里的薰衣草，是从新疆伊犁薰衣草农场特运而来，她有亲人在那里，想有一天自己也去，和薰衣草在一起。

告别时，我带了一束薰衣草回家，每每有淡香袭来，都会想起她。之前购衣用的袋子回来直接就扔弃了，但装有这件海蓝色连衣裙的牛皮色袋子我一直收存着，因为，那只袋子是她独家设计，上书一行字：爱·梦想·诗与远方。

收存着它，就像在庸常的日子里把"爱·梦想·诗与远方"收存了一样。

再去时，我带了自己主编的杂志给她看。她惊喜连连，说：上次和顾客聊起你，她说每期都看你的杂志和你在卷首写的文字，

第三章　惜君如常

她很喜欢你，还问我你长什么样……

人与人的缘分真的很奇妙，连我们自己都不知道什么时候与对方相遇，与对方擦肩。

再见到晓野，她的小店已搬迁，与我隔着几条街的距离。

"花与爱丽丝"不见了，更名为"晓野风涌"。是春天黄昏的风，也是夏日清晨的风。店面较之以前大了许多，仍是文艺路线，一楼赏衣，二楼修心，可练瑜伽，可品茶，可阅读。

我去看过小半个下午的书，窝在沙发里，靠窗的光线刚刚好。等她忙完上楼来，我们聊天，一年也只见两三次面，不说曾经的忧欢，只说当下的状态。

每次见她，她都状态良好，因为她所做的每一件事都是自己想要做的，想卖衣服，就去卖；店想取什么样的名字，喜欢了就定；每件衣服她会亲自穿来展示，拍了照片发在朋友圈，没有任何修饰，她却比衣服还好看。她对店里挂着的每件衣服充满感情，但不够亲密，后来找到了原因——衣服不是自己原创设计的。

有灵气的人都不失创造力，她想要亲自设计，不是衣服也行。机缘巧合，她接触了芳疗，于是多次去上海拜师学艺，终于取得证书，再次选了新址，开设工作室，专心做芳疗，一砖一瓦，一草一木，快要废弃的房子在她和她的他精心装饰下，任谁走进去

• 不如随心去生活

都觉得哪怕什么都不做，待上一个下午已足够。

这次见晓野，先见的是她的他。三年，他已经完成了角色转换，从男友到丈夫，不变的是他爱她。当我问到他如何看待她的每一次改变时，他说：我支持她所有的想法，只要她喜欢，她快乐。

我对芳疗了解粗浅，他却讲得头头是道。他说，听她说得多了，自然会记在心里。

爱一个人，支持你所有的决定。

爱一个人，你快乐所以我快乐。

爱一个人，你说的话我都记着。

晓野从外面回来，落座在我旁侧，一边喝茶一边说话。

她不告诉我芳疗是什么，只拿出一小瓶又一小瓶的香让我放在鼻尖细细地闻：这是茉莉，这是玫瑰，这是洋甘菊，这是百里香，这是积雪草，这是蓝莲花，这是香蜂草，这是迷迭香……

还有根据每个人的皮肤状况特制的面膜，有的取名叫湖水，敷上去，让人感觉像是一泓平静的盐水湖；也有的取名叫月光，因为会让人想起月光如春风拂面。

她讲每一种精油的来处，甚至明了每一缕味道。她说，她待它们像亲密的朋友。

其间有人来，看了两眼即走。她没唤她们留下来闻香，甚至多讲一句都没有。她说，懂的，自然会懂，无须多言。

第三章　惜君如常

她还说："我喜欢你们，也想尽可能给你们最好的，无论精油还是环境。有空就来，拣一把喜欢的椅子坐，我不常招呼你，这样自由。"

我起身在她的工作室里自由走动，角角落落都是我喜欢的。门后有白色的钢琴，想象在芳香的房间里，她弹琴，他在她身后，看她，或看一本书，或侍弄花草，有顾客来，停下说话，没顾客来，就他们两个，不，哪里是他们两个，落地窗外的黄色蔷薇和他们一起，还有我走时她指给我看的刚刚种在土壤里的大片迷迭香，也和他们一起……

告别之前，想起她在朋友圈里发过一句"夏天有一封邀请函，请看云、待风、听雨、赏荷"。我问她除了做这些，还有什么想要在这个夏天实现的。她说，想再去一次新疆伊犁薰衣草农场，上次是一人去的，这次想要和他一起。

回去的路上，我轻轻哼唱起那支熟悉的旋律，歌意是：您去过斯卡布罗集市吗？欧芹、鼠尾草、迷迭香和百里香，代我向那儿的一位姑娘问好……

不管是在斯卡布罗集市，还是在新疆伊犁，不管是迷迭香，还是薰衣草，如果你见了一个叫晓野的姑娘，请代我向她问好。

• 不如随心去生活

忽然寻她不见

忽然地，很想她。在这个大雨滂沱的夜晚。我为她坐立不安。翻遍所有的电话和网络联系人名单，都再也找寻不到她。

曾经，我们亲密到同床共枕，在十五岁的冬天，在二十岁的长夏，一直到有了QQ和博客，我们还坚持写信，有时很长，从笔迹来看，能看出来一封信的倾诉间隔了许多个日夜；有时很短，薄薄的一张纸，只一句问候，抑或枕边书里摘来的句子。

是什么时候，信越来越少，消息越来越短，人也渐渐不见的呢？不是说好了要做一辈子的朋友吗？不是说好了我们有了孩子要认彼此作小阿姨的吗？微博、微视、微信等用来联系的工具越来越多地出现，越来越多的陌生人互刷朋友圈时，她却早已消失不见。

我要找到她。写一封信给她，不讲过往，不说将来，只说今夜有雨，路面上积了水，我的心里积着对她的满满想念。我还

第三章 惜君如常

要写上,我刚看完了一本书,对书里的故事一直念念不忘。顺便再讲一下昨天上午我在电梯里遇到了一个儒雅的男子……呵,像十五岁那一年,把隔壁班的男生当作秘密在枕畔讲给她听,像二十岁的夜晚,彼此的未来都和月色一样朦胧,还不忘记相互鼓励,大方地呈上祝福。

其他还要写些什么呢?好像失联的这几年,也没什么大的变化呢,一边失落没什么新鲜的故事讲给她听,一边又庆幸好在没有什么变化,当下的一切,都是我想要的。

而她的今天,不用猜测,不用探询,只为她的爱笑和善良,她想要的,上天也不会忍心拒绝。

从此要记得,曾经在一起的,再也不要分离。

• 不如随心去生活

做正确的事,正确地做事

我去医院看她。穿过白色的走廊,目光落在白色的病床上,剪去了长发的她,裹在白色棉被里。

她那时留近乎齐腰的长发。夏天,我带她去拍照,俯身去看她的照片,我夸赞她好美。的确,她好美,长发飘飘,大眼睛扑闪扑闪,高鼻梁,一看就很聪明灵动的样子。

此时,数日不见,她已剪短了发。她说,化疗后,头发会慢慢脱落,不想看着长发一根根掉去。

她二十多岁,结婚不久,想孕育一个宝宝,为此检查身体,却发现了乳腺癌。

住院,各种检查,化疗……

见她,状态没有想象中差。因为药物副作用,她一向清瘦的脸颊反胖了一圈。想握住她的手,怕外面的寒意一时袭了她,只有坐在她的床边,俯身与她说话,话未开口,便哽咽到泪要收不住。

第三章　惜君如常

　　明知道所有的安慰与劝解，在此时的她面前都是苍白无力，可也只有说，你好好养病，不要想太多……

　　她说，也许三年，也许五年，也许十年，生命显得不那么漫长了。

　　她说，最想做的事情就是活蹦乱跳地在阳光里走一走，上班下班，和所有的平常日子一样。

　　她说，一定不要熬夜，一定要定期检查身体。

　　她说，真后悔毕业这么久没有完成生子这件最重要的事，好让我的人生有个寄托，现在就是觉得躺在这里空落落的，再后悔也来不及了。

　　她说，担心他和他的家人会有别的想法，他妈妈那么想要早点抱一个胖孙子，而我如今躺在这里，花钱不说，还连累他请了长假，他妈妈年迈还要天天为我寒风里送一日三餐。

　　她说，我想向公司申请兼个职，躺在病床上做点力所能及的事，也好让自己的存在有点价值，不然感觉自己好无用，一点存在的价值都没有了，好像被整个社会抛弃了一样……

　　我不敢一直看她的眼睛，怕她看到了我眼里不知是害怕还是同情还是悲怆的泪水。今天躺在这里的是她，明天躺在这里的也许是我。命运想捉弄谁，不会提前打招呼。

　　我看了两眼同病房的她们，个个剃光了头，上了些年纪。我对她说："你看，你即使住了院，依然是最美的一个，和那时我

• 不如随心去生活

带你拍的照片一样美。"

她笑了笑,说:"那应该是我人生中颜值最高的时候,这一辈子都不会那么美了。"

坐得久了,我的手有了暖意,握着她的手。坚强的话,好听的话,鼓励的话,说得再多,我走了,依然只留她一人独自面对病痛,哪怕最亲密的家人也无法为她承担。

我想每天发短信告诉她:今天外面的天气有风无云;今天立冬吃饺子了;今天读完了一本书;今天遇到了一个有趣的人……我把每一个"今天"告诉她,是想让她知道,你能坚强地走完全程,许多个比这更有意思的"今天"也在等着你去度过。但又有什么意义呢,短信到达时,也许她正打那种很痛的针,也许她正手术,也许她正无望,也许她正悲观,也许她正大把大把地掉头发……

我走时,她欠了欠身,笑着向我挥手说:"谢谢你。"她病着,笑却依然好看。她说,一定要懂得珍惜。我说,你也是,上天给每个人的考验都不一样,有的人现在觉得幸福,也许下一次就是考验,就像你现在正是考验,下一次就是幸福。

我们都不能存在侥幸心理。她那么年轻貌美,凭什么是她?当然,当我们感受到命运的恩赐时,也要这样问问自己,我这么普通,凭什么是我?所以,满足于当下,就是在做正确的事,也是在正确地做事。

第三章 惜君如常

轻浅光阴，夏日正长

一天很长，值得写的也只有那小半个下午——

大男人带小男生去家附近的大学打篮球。我不喜运动，但抵不过他们。这两个人，向来出门，哪怕是散步、逛超市、去书店，都一定要拉上我，理由是：三口人在一起做事，才有趣味。

大学是老校区，人少，一进门，有了几十年树龄的梧桐洋槐还有叫不出名字的树木遮了天掩了目，我心下大喜，装模作样投了十几分钟篮球，便丢下他们，在树荫下走上一走。顺道看见了二十四小时不关门的自习室，蹑手蹑脚选了位子，坐上一小会儿了，惋惜应带书来，可以坐在绿荫浓处的自习室里，将床头许久未读的书读上半个下午。

也不定时吧，累了，室外有林荫大道供散步，有古槐小林石桌石椅供休息，然后再返回去继续看书抄写，直到暮色四合，提醒自己是该归家的时候，临走时，一定要拍一张照片，拍某一个

不如随心去生活

女生的背影,坐在课桌前,长发拢在一侧,俯首读书。记住这个瞬间,每看照片,都会恍然以为是我,在这样一个下午,安静认真读书的样子,令人好喜欢。

大男人和小男生打完篮球大汗淋漓地来寻我,只当是散步歇脚,我们沿着绿树浓荫慢慢地走出校门,然后我去街边小店找一双可以送自己去往远方的帆布鞋,大男人带小男生去买解暑的西瓜。

不多时,他们回来,将切好的西瓜托在手中,一人一块,站在街边吃得满脸都是。又逢十字路口,有人从等红灯的车子里探出头来,我想,也许他并不是真的认为这样站在街边吃西瓜有失风范,只是觉得这样一家三口不顾形象地边吃西瓜边说笑,也是一件有趣味的事吧。

第三章　惜君如常

最后的夏

已经立秋,总想做一些事情,在夏天未真正去秋天未真正至之际——

【1】

街边卖的桃子好大,想要买回来一些。

市场上卖的葡萄真是饱满,想要买回来一些。

卡车上卖的西瓜看上去也不错,想要买回来一些。

……

再不吃,就要过了季。

【2】

每天上下班走的那条长街,两侧种着小叶洋槐,夏天树荫浓密,一路走过去,不曾受过烈日的曝晒。

• 不如随心去生活

几乎每天，都想要走着走着，在别人赶路的时候停下来，为树荫拍几张照片，把夏日的绿意转赠给某个人。

周边主干道修路，原本走主干道的人们也改走了这条长街，这条路比任何一个夏天都拥挤。不是没为这份拥堵和熙攘沮丧过，可抬头仰望这一路的绿，好像听到有个声音从天上传来：孩子，我的好不能只给你一个人，我有那么多子民，我要尽量多地照顾到更多的人。

上天的好有很多种。这种绿意便是其中一种。

【3】

想下班就回家，像今天这样。

和母亲一起做饭。吃完饭不急着刷洗，坐在餐桌边和父亲聊天。听他讲七夕，听他讲下午买的新鲜花生，特意煮了来，我已经吃得饱饱，还要听他一遍遍地劝我多吃花生好。也听母亲讲，小朋友们的调皮；电视里某个社会新闻里奇怪的事；年轻时和父亲常闹别扭，还好现在一切都过来了。母亲说时，父亲不再像之前，一说到他年轻时的不好，便会不满起来，而只是笑笑地坐在那里，像听别人的故事。也是啊，都过去了，也都过来了。

吃完饭，趁天色未晚，带小朋友到楼下散步。

在一棵石榴树下，仰头看了好一会儿。郊外有苹果园，无暇

第三章 惜君如常

去采摘,不过这一颗颗的石榴,没有真的入口,仅那一刻的仰望,已让我品尝到了果实的甘甜与饱满。

从石榴树下路过,看小女孩指着一朵开得正好的花说"好香"。小女孩头上戴了发箍,鬓边的位置恰好有一朵大红花。她低头嗅花时,我几乎看不清哪里是花,哪里是她。

看小男孩在院子里奔跑,你追我赶,玩着游戏,捉着迷藏。看得久了,我搬了小马扎背对着他们坐下来,看同事交上来需审的几篇稿件,白天忙碌到没有顾上多看同事一眼,这一刻的闲暇,看着这一篇篇稿子,好像看到了她们白天穿着的衣裙和躲在电脑后某个瞬间绽开的笑脸。明天,明天一定一早到办公室,先站在她们背后,不声不响,只看着她们怎样把最后的夏天穿在身上。

【4】

我转身问某先生:"这个夏天,你还有什么想要去做但没有完成的?"

他说:"和你一起。"

我笑他不说真心话:"和我做什么?"

他从电脑前拉起我正敲字的手,然后揽我入怀,说:"和你一起跳舞,和你一起听新歌,和你一起去旅行。"

我说:"我们全家不是刚刚去看过海吗?"

• **不如随心去生活**

　　他说:"那不是我和你的双人行,我想和你一起,只两个人,去旅行,去吃好多好吃的,看好多的没见过的景,你穿着你喜欢的裙子,我的镜头一路上只拍你一个人。"

　　他说这话时,音响正播放着一首我从未听过的歌,我只当是一首新歌了。音响的灯是蓝色的,我想如果有人问我夏天是什么颜色,我会说这就是夏天的颜色。

　　那是某先生最爱的颜色。

第三章　惜君如常

做一件与晴朗有关的事

周末就是用来做小闲事的。如果再加上温煦的阳光,那是再好不过。

下几盘跳棋,打几场扑克牌。没有技巧,没有面红耳赤,不急不缓,爸爸妈妈和小孩,阳台宽敞,阳光普照。嗯,刚刚洗了澡,湿了发,窝在摇椅里,裹着花睡衣,居家的样子,不美,但足够闲适。

锅里炖着肉。屋里飘着香。时针渐渐移转,太阳你要听话,慢慢地走。

妈妈拿了木梳,爸爸给妈妈梳头,小男孩也要梳,一下,又一下。

白头发怎么又多了一根,不要怕疼啊,等我慢慢为你拔下。

近正午,已有些许暖意。暖暖的,是吃水果的好时机。

你要吃苹果还是梨子,我来为你削。

你要吃核桃还是瓜子,我来为你剥。

你要读书,我来听。

• 不如随心去生活

你要听歌,我来唱。

……

还要做些什么呢?

还有什么可以做的呢?如此,已经足够。无所事事,是坐在这里,等太阳往西去。

其实啊,这一天窗外寒风肆虐,但是天气再恶劣,内心都要春意盎然。每一天,都要做与晴朗有关的事。当然,雨也有雨的妙,雪也有雪的趣。总之,莫怪天气寒冷,它是在善意地提醒你:暖的重要性。不管是天气的暖,还是心里的暖。

第三章　惜君如常

宴请

【1】

晚上有宴请，怕堵车，我去得早。他在办公室作画。

我第一次亲眼见画家作画。

晚上他要见五个重要的人，是客人，也是朋友。他说，他们什么都吃过，什么都见过，什么样的礼物于他们来说都不稀奇，想一想还是画更适合。

我去时，他刚画了四幅。每次见他，都觉得自己才疏学浅。我站在正作画的他身边，安静得像一棵植物，怕打扰到他。

他也给我讲，十几种画笔、毛笔、图章，这一种是什么，那一种是什么，这一笔为何要这样画，那一笔为何要那样涂，太阳为什么不画成圆的而要画成扁的，图章为什么有的盖在右上有的盖在左下……

他也赠给过我他的画，我只是拿着看了画，读了字，并没有

- **不如随心去生活**

十分认真地端详。此刻亲眼所见，才知道画画的人画的不是画，是心。如此，便越发觉得每幅画原本都是有故事的。

他画第五幅，这样一幅小画，四方的粉彩纸，他一点点铺展开来，构思，运笔，着色，写字，盖章，每一步都走得小心翼翼。连我帮折画纸放进信封里，都觉得是件十分郑重的事。

他的画桌很大，许是用得久了，上面涂着深浅不一的墨色。画桌临窗，窗边有绿植，我从外面走进来时，明明风很大，站到他桌前的那一刻，风住了，花睡了，一幅又一幅画完成了。

我不懂画。只看到一点红落进纸墨，牛奔腾了起来，河水流淌了起来，太阳运转了起来，人们喜悦了起来。甚至我这个在旁侧安静看画的人，都不知自己此时此刻是画外的那一个，还是画里的那一个。

后来我们走到门外，我走在他身侧，因第五幅墨迹未干，我展开拿在手中。风看到了，树看到了，我们瞬间成了同类，因为这幅画让我深知，我们都是有眼福的。

【2】

她是宴请名单中最后一个出席的人。

我去楼下接她。风吹乱了我的头发，但我并未刻意拢起，因为她见过我青涩的样子，多年不见，今晚，庆幸的是，我还不那

第三章　惜君如常

么苍老。

她站在风里，裙裾翩飞。灯影里，我看不清面容，远远地喊她，这么多年，从姐，到老师，再到现在的"总"，称呼的转变，没有让我觉得半分不适，尽管我也想像她的好朋友好姐妹那样亲昵地唤她的名字，但她和我隔着那么远的距离，从一开始到现在，我始终追不上。

那人转过头来，果然是她。我跑过去，拉住她。她说，你一点也没变，还是原来的样子。

我说，你变了，越来越漂亮了，走到街上我还真认不出来呢。

也只是见过两次面。一次她和要好的朋友喝咖啡。我坐在她对面。她们有无尽的话题，从青春到诗歌，从文学到人生，从科级到厅级，从家庭到世界……我始终只做一个倾听者。

我没有机会参与她的前半生。

我曾努力过想要参与她的后半生。

初次见她，是我刚从外地回到这个城市那一年，想从期刊转行做报纸。她所在的报社，是这个城市里我唯一想去的。

在此之前我们知道彼此名字，是什么样的渊源已经记不清。只是我发了一个邮件，她回电给我：你来。

我去了，为她隆重出场。挑选了自己衣柜里最漂亮最昂贵的衣服，上衣是很多人都夸赞过好看的斗篷式披肩，下身是淡绿花朵的棉布裙子。好长一段时间之后,她向别人提及,和他人一样夸赞我的那件披肩很好看。

她带我去老大的办公室,穿过整个大格子间,我暗自期许,不久后的一天,有一格可以是我的。

最终事与愿违。

她打电话向我解释,体制不一,要求不一,有遗憾,也有希冀,机会不止一次。

我又做回了老本行,进了杂志社。看了外面的世界,回来之后,面对的工作是一样的,脸庞是一样的,老板是一样的。不是没有失落,但念着旧情,老板事业又正处低谷,连薪资都没谈,我直接加入他的团队投入了新一轮的战斗。

后来,遇到过了解她们报纸的朋友,谈及我与之曾经失之交臂,那人没有半分惋惜,只有庆幸:幸亏你没有去成。然后给我讲了里面复杂的人际关系以及维持体制的种种难处……这些不是我关注的,我只是一直关注着,她出版的每一份报纸,每看一版都会想,如果是我来做,会如何入手……

再后来,她被调到这个城市最好的报社去做领导。听说她调走后的不久,她原来所做的报纸就停止了出版。世界上再也没有那家我曾经心心念念想要去的报社了。

又过了两年,她要好的朋友从省报调到我所在的杂志社做领

第三章　惜君如常

导，转调手续还没有办完，就已经知道了我。是她说的，她说，那里有个不错的女孩子，我当年没有帮到，你多照顾一下她。

她偶识我的老板。老板回来后向我表达：我要好好珍惜你，她说你是我捡到的宝，如果当年你去了她那里，我这里便没有了你……

她的好友顺利成为我的社领导之后，请我喝咖啡，约上了她。那是我们第二次见面。

第三次就是这次宴请。

她来得晚，我留了位子给她，在我旁边，想我可以方便和她说话，给她夹菜，帮她添茶。

她来得晚，匆匆吃了几口，饭桌上少不了推杯换盏，她应付自如，幽默风趣，热情奔放。

桌上都是行业大咖。他们亲昵地喊她名字中的一个字。他们有他们的圈子，一晚上都有说不尽的话。

我永远是那个在河边濯足而过的人。看到有人泛舟高歌，我只拎着鞋子立于岸边，听他们欢声笑语，听他们吟诗高歌，想走近又觉得不适，想走远又觉得不甘。

席间，她毫不回避地指着坐在她身旁的我，对在座的所有人笑说："我和她有过故事，你们说她现在做得优秀，她老板该有多感谢我当年没收留她啊，不然怎么会有他的今天，更不会有他们现在事业的蒸蒸日上……"

他们问，你为什么当年不收了她？你看她现在做得多好……

她笑着说："体制，想给她个中层没有位置。她穿了条花裤子。"

完全与她当时电话里跟我说的原因和彼时的印象不一样了，但又有什么呢？人生中再痛苦的事情或当下再大的遗憾，都能在很久之后被当作一句玩笑讲出来。

这么多年都过去了，如果我真的选择了她指的这条路，今天会是什么样呢？当然，当下我正走的这条路，也是她指给我的，因为她原来给的路走不通，我才有机会选择另一条路，当下这条路未必是最好的，但就像宴后我给她的短信一样：我一直在让自己更努力一些，能够成长得更好一些……好像这样才可以有勇气亭亭地站立于她面前。哪怕我与她之间有再大的沟壑，我不去追逐她，也无法追逐她，只能让自己每一次见她，不管是说话还是倾听，都能令她觉得：我当年没有看错她。

【3】

宴请是在晚上，中午接到老板电话，他出差在外，要我晚上代表单位去见重要的人。

我心有怨言，忍不住吐槽：

第三章　惜君如常

真是每天都该穿得漂漂亮亮的，因为你不知道每天会见到什么重要的人。该怎么办，今天没穿高跟鞋，没穿裙子，没抹脸，刘海儿还总是想"起义"。

虽然大 boss 在电话里安慰我说"你现在到这样的位子，装扮已经是次要的了"，可是我觉得如果我丑我表现不好就是丢他的人丢单位的人，乖乖回家换去吧。

晚上十点，紧跟着那条吐槽，我发了一条：

我见人回来了，的确都是大咖。我没回家换装，但依然是我自己。有时候，没有漂亮成绩的人才过分在意自己穿得漂不漂亮。我在这个单位，又能代表这个单位，我觉得是种骄傲！我要更加努力工作，争取成绩更漂亮。

【4】

漂亮。我很少用这个词儿。但我认为它用在这样的一天，再适合不过。

• 不如随心去生活

唯有珍惜，别无他事

银杏金黄。母亲生日。

每次都想，我还能再给她过几个生日呢？

她想要一枚戒指，我给她。这么多年，她终于说出一件她自己想要的东西。每次问她想要什么，她都说什么也不要什么也不缺。好像是一个富豪一样。即使我按自己心意买了，也不在她那里讨喜，每次都是"说过了不让你买又乱花钱"。

我给她买的衣物她很少穿。每一件都像珍品一样收藏着。偶尔穿了，被人问起，她说是闺女买的，语气骄傲。一件衣服而已，她生怕别人不知道是新的。

这次生日，她穿着一件花棉袄，大家都夸好看，她说是闺女买的。我都忘记了是什么时候的事。她说应该是好几年前，一直放在柜子里。

她和我姥姥生日差四天。她说，你姥姥生日是十月初十，我

第三章　惜君如常

都忘记了，那时候她生日……那时候我生日……她记忆力已经非常不好，但该记住的她不会遗忘。

我想起最多的是，那时候，她还是一个有妈妈的人。

也想起她送她的妈妈下葬回来后，窝在沙发的一角，独自在暗夜里悄悄抹眼泪。

从此，她在这个世间没有了妈妈。

她留在人世间，继续未完的苦。那两年我哥和侄子身体接连遭受重创，她夜夜哭，害了眼疾，快要失明。清明，她回去为我姥姥烧纸，离坟墓还有很长一段距离时就开始哭，直到趴伏在坟前，好像是跋涉千里终于觅到了妈妈的怀抱，哭到在场的人都拉不起来：妈呀，你不知道我这两年心里多难受啊，我孩子受了多大的罪啊……（写到这里我的泪已掉了下来）

不想再沉浸在痛里，那样只会让自己更痛。所以，这也是我为何如此珍惜当下也许在他人看来并不精彩的生活的原因，我有爸妈，家人健康平安，比什么都重要。

从那时起，她在这个世间没有了妈妈。

会有一天，这个"她"是我。也会有一天，这个"她"是我的女儿。

在这一天来临之前，我想和我的两个"她"，三人一起看银杏金黄，夕阳下漫步，聊聊天，唱唱歌。

• **不如随心去生活**

　　人生百年,她已过了大半。我还能再给她过几个生日呢?再长,也是有限的,有限的……
　　唯有珍惜,别无他事。